ハーレクイン文庫

孤独なフィアンセ

キャロル・モーティマー

岸上つね子 訳

JN019086

…QUIN
…UNKO

ENGAGED TO JARROD STONE

by Carole Mortimer

Published by Harlequin Japan, a Division of K.K. HarperCollins Japan, 2024

孤独なフィアンセ

◆主要登場人物

ブルック・フォークナ……ストウン・コンピューター会社の受付係。
ジャロッド・ストウン……ストウン・コンピューター会社社長。
サラ・ストウン…………ジャロッドの母。
クリフォード・ストウン……ジャロッドの父。
デイビッド・ストウン……ジャロッドの弟。医学部学生。愛称デイヴ。
アンジー・ストウン……ジャロッドの妹。芸術専攻の学生。
チャールズ・ハワード……実業家。
サリーナ・ハワード………チャールズの妻。

1

ブルックは受付係の席につくなり横にいる同僚のジーンにたずねた。「あの人、出社した?」

「あの人って、だれのこと?」さっぱり見当がつかないといったジーンの表情である。

ブルックは焦《じ》れったそうな様子で言う。「だれのことって……」

「ミスター・ストウンのこと?　それだったら十分ほど前に出社したわよ」

「困ったわ!」ブルックは顔をしかめて言った。

「どうして?　彼に用事があったの?」

「そんなんじゃないけど……」ブルックは口ごもった。「彼……いえ、あの人、今朝はどんなふうだった?」そう言って彼女はジーンの顔をのぞきこんだ。

ジーンはあきれ返ったような顔をしたがすぐに交換台に掛かってくる電話への応対に忙殺されはじめた。会社の執務開始は九時からなのだが、それより前に外部から電話が掛かってくるのがしょっちゅうなのである。手が空《す》くとジーンはやっと返事をした。「あの人がどんなふうだったらいいの？　いつものとおりよ。素敵だったわよ。背がすらっとして髪は黒いし、いつものようにハンサムだったわよ」

「いつもとちがう様子はなかった？」

ジーンは強くかぶりを振った。「ミスター・ストウンは、外見も行動も常に同じよ。さっと入って来て軽く頭を振って挨拶《あいさつ》するのね。えらそうにね。それからさっと専用エレベーターへ直行よ。夕方帰宅するときはその反対のことをするだけ。わたしたち受付係なんか人間に見えないんじゃない？　きっと会社の製品と変わりないのよ、あの人の目には。わたしなんかここで三年も勤めてるんだけど、道で会ったって自分のところの社員だなんてわからないいんじゃないかしら？」

社員たちがぞくぞくと出社しはじめたため、二人の会話は中断された。それから三十分あまりというもの、ブルックは来客に社内の各部課の部屋の所在を案内したり電話交換の操作をしたりで、てんてこまいだった。

朝のラッシュが一段落して、彼女はようやく自分の椅子に掛けてほっとひと息ついた。ジーンのほうはまだ交換台の仕事に追われているようである。……わたし、馬鹿なことをしたんだわ……。底抜けに馬鹿よ！　くびになるかもしれないわ。こんなに高いお給料を払ってくれるいい会社、他ではめったにないのに！　ブルックはつくづくそう思った。あのとき、わたしは正気じゃなかったんだわ。一時的に錯乱しちゃったのよ、きっと。

今朝その、新聞を手にしたとき彼女は胸が痛んだ。心が痛んだというより、実際肉体的に痛みを覚えたほどだった。まだだれもあの記事に気づいていないのかしら？　いまのところ、わたしにあの記事のことで話しかけてきた人が一人もいないのは確かだけれど、もうじき、だれかが気がつくわ。あんなに目立つ記事なんだもの！

今朝の新聞にブルック・フォークナー――つまり彼女自身と、ジャロッド・ストウン――つまり彼女が勤めているこの一流コンピューター会社の社長との婚約記事が掲載されていたのである。それは悪いことにと言おうか、生憎《あいにく》なことにと言おうか、ジャロッド・ストウン本人にはまったく身に覚えのない〝婚約〟なのだ！

「フォークナです」デスクの上の内線電話が鳴ったため彼女は受話器を取り上げて反射的に答えた。

「すぐにここへ！」男性の太い声だった。

びっくり仰天した彼女は思わず受話器を落としそうになった。ミスター・ストウンだ！　つばをのみこんで彼女は言った。「済み……済みませんでした」

「済みませんでは済まないよ。とにかく話を聞いた上だ」ジャロッド・ストウンは怒鳴るように言った。「五分以内にぼくの部屋に来るんだ！」ブルックの耳に彼が荒々しく受話器を置く音が響いた。

ミスター・ストウンが新聞の婚約記事に気がついたことはもはや疑いない。あの声の怒った調子でそれはありありとしている。それにこれまでストウンが彼女に話しかけたことは一度もなかったと言っていいくらいなのである。用事があるとすればあのこと以外にないのだ。

「どうかしたの？　だいじょうぶ？」彼女の青ざめた顔を見てジーンがたずねた。

ブルックははっとした。まだ受話器を手にしたままなのだった。あわてて元に戻しながら言った。「ちょっと来てくれって言われたの。しばらく席をはずすけど、いい？　わたしの仕事もおねがいできる？」

「いいわよ」ジーンは気軽に承知してくれた。

十階の社長室へ通ずる専用エレベーターにブルックは無我夢中で乗りこんだ。ストウン・コンピューター社で働き出してから半年の間にこのエレベーターを使用するのはこれが二回目である。第一回目は二週間前のことだった。そしてその日、彼女はミスター・ストウンに手きびしい報復をしてやろうという激しい気持ちに追いやられたのであった。

あの日……一人のモデルが宣伝写真の仕事の用事で社長を訪ねて来たことからすべてがはじまった。ストウンの部屋まで案内する者が他にだれもいなかったため、たまたま居合わせたブルックが案内役を引き受けたのである。彼女にとって、ジャロッド・ストウンの顔を見られるまたとない機会でもあった。ジーンが言ったようにストウンは朝出社して来るときも、夕方帰宅するときも、受付の前は素通りだった。彼女たちを一瞥さえしようとしないのである。

モデルを案内したとき秘書たちは昼食に出かけていて、秘書室にはだれもいなかった。彼女の胸は躍った。絶好のチャンス！　ジャロッド・ストウンに自分で声を掛けられるのだ！　この会社へ入った最初の日、自分の雇い主が颯爽《さっそう》と出社して来るのを目にしたその瞬間からブルックの心には彼の面影がしっかりと焼きついていた。

素敵な人だわ！　映画俳優みたい！　長身である。百八十三センチくらいはあるだろうか。しなやかな体躯《たいく》だ。日焼けした健康そうな顔は、彼がオフィスに閉じこもってばかりではないことの証明でもあろう。黒くて長い髪が額に掛かっている。深い憂いをたたえた灰色の目は謎《なぞ》めいてさえいた。

だが彼女がいかに魅了されたところで、ストウンはしょせん遠いところの人だった。彼の灰色の目がブルックの上にとまることは一度もなかった。肩のあたりまで波打っている茶褐色の髪。長いまつげに囲まれたブルーの瞳。ちょっぴり上向いた鼻。いつもほほ笑みを浮かべているように可愛らしくカーブした口。それにほっそりとした肢体。どこから見てもチャーミングな若い娘だった。それでもブルックは、ジャロッド・ストウンの目にはとまらなかったのだろうか。

ブルックは、ストウンが決して女性に無関心ではないということを聞き知っていた。彼の周辺にはいつも何人かの美しい女性たちの姿がちらほらしている。女性に対する彼の勝ち誇ったような自信たっぷりな態度から、彼の女性関係が必ずしもプラトニックなものではないことがうかがい知れた。実際、ストウンは大勢の女性たちとの間でベッドをともにした経験を持っていたのである。つき合う女性の一人一人を十分に満足させるすべを心得ているのが彼であった。

おかしなものだ。ストウンをめぐるこのような風評がかえってブルックの彼に対する気持ちをかき立てたのかもしれない。モデルを秘書室の外に待たせて、彼女は社長室のドアに近づいた。かすかに男の声が聞こえてくる。ストウンはだれか来客と話しているところらしい。

ドアの端がわずかにあいているため、話の内容がよく聞きとれる。ノックしようとして彼女はそれを急に中止した。楽しそうに話しているその声は、彼女の雇い主その人のようである。

「女というものは、結局われわれ男性のために存在するものなのさ」その声は軽いせきばらいののちさらにつづけられた。「なんのためって？　そりゃ家事をさせるためということじゃないよ。はっはっは……」

ブルックは思わず二、三歩後ろへ下がった。なんというひどいことを！　なんという無神経な言葉！　なにを言おうとしているのかは明らかだった。あまりの驚きに口をぽかんとあけたまま彼女は、相手がどんな返事をするか耳をそば立てた。中の会話がこれ以上発展しないようドアをノックすべきかもしれない。しかし彼女はいま聞いたばかりの言葉の、あまりにも自信たっぷりな語調に気持ちがすっかり動転していた。

「言うね、ジャロッド」別の声が言った。やや若い声である。ジャロッドと相手を呼ぶところからみてもさっきの女性を侮辱することははなはだしい言葉は、ジャロッド・ストウンが吐いたものにまちがいなさそうだ。「ぼくもそうだけど、きみもかなりの女好きだね」若い声がつづけた。

「女好きというのはどうかな。楽しんではいるよ。好きになったことはあまりないけれど……。必要なときには手に入れるだけさ。ベッド・メイトとして女以外のものが考えられるかい？」

「女性が聞いたらかんかんになって怒るだろうな」

ここに聞いている女性が一人いるのよ！　ブルックは大声をあげたい気持ちだった。嫌悪感が胸いっぱいにこみあげてくる。社会的に成功して、地位もありまた風采《ふうさい》もよいジャロッド・ストウンのような人間が、いろいろな噂《うわさ》があったとはいえ、これほどまでの下劣な女性観を抱いているとは想像さえもしなかったことだ。ブルックにとってストウンは、生まれてはじめて見たといっていいくらいハンサムな紳士だった。その人にあんな言葉は似合わない！　地位や容貌《ようぼう》など条件が整いすぎて、かえってあの人、おかしくなってしまったんだわ。女性がいくらでも集まって来るものだから、かえって女性蔑視《べっし》におちいってしまったんだわ。

「怒る気づかいはないさ」ジャロッド・ストウンは平気な声で話しつづける。「だって彼女らだって得するんだから。ちょっと魅力を備えた女だったら宝石だろうがドレスだろうが、思いのままに入手できるんだものね。この手の女たちがいる限りぼくも結婚を迫られる危険はないだろうな。これまでだって、結婚してくれないなら卑怯《ひきょう》だなんて騒がれたことは一度もありゃしないよ」

「まったくそうだよ」若い声が笑って言った。

もうこれ以上聞いていられない！　ブルックは決心してドアを強くノックして入って行った。

「きみは？」ジャロッド・ストウンがいぶかしげに彼女を見た。

ブルックは部屋に二、三歩入って立ち止まった。あの衝撃的な怒りはなんとなくしぼんでしまい、息のつまるような気持ちに再びとらわれていた。ストウンのやわらかな微笑は、いっぺんに彼女から言葉を奪っていた……。しばらくしてやっと言葉が出せたとき、その声は彼女自身にとっても不自然な調子に聞こえた。「はい……。あの……。宣伝写真のモデルをご案内してまいりました……。外にお待たせしています」

「やあ、ありがとう。部屋まで連れて来てくれるかい？　秘書室の連中、たぶん昼食に出かけてていないだろうから」ストウンは優しくほほ笑みながら言った。

「はい、かしこまりました」ブルックはこれだけ答えるのが精いっぱいだった。

ストウンは非の打ちどころのない実業家に見える。豪壮な執務デスクの雰囲気にぴったりとはまっている。彼女はぼうっとしたまま部屋を出た。……とそのとき、またもやドア越しに、さもおかしそうに笑いながら話すストウンの声が聞こえてきた。彼女の足は釘《くぎ》づけになった。

「よくわかっただろう!」

「いや、ちっとも」これはもう一人の若いほうの声である。ブルックは部屋に入ってきたとき、それがフィリップ・ベイリスであることに気がついていた。ストウン・コンピューター社の共同経営者の一人なのである。

「女なんて笑顔を見せて、少しばかり優しい言葉を掛けてやればいいのさ。どんな女だってなんでも言うこときくようになるぜ。いま来たかわいこちゃんだってそうだよ。社長室まで客を案内するのは自分の仕事でないこと、よくわかってるくせにわざわざここまで顔を出すんだからな」

「そんなものかね」

「いまの子なんか典型だよ、フィリップ。ああいった女の子がいる限り、ぼくも当分結婚の必要はないと思うな。籠《かご》の鳥にならなくっても欲しいものが手に入るんだったらあえて結婚なんかすることないわけさ」

……かわいこちゃんだなんて！　ブルックはかーっと頭に血がのぼった。外見は素敵だったけど、この人、なんていやな性格！　彼女は彼を憎んだ。しかしながら、これまでもれ聞いた言葉だけで済んでいたら、彼女もあれほど極端な報復行為に走りはしなかったことだろう。しばらくすると、ストウンはそのモデルを優しくエスコートしながら社の玄関を出て行ったのだ。昼食をご馳走《ちそう》するらしい。そのとき、受付係などはまったく無視した彼の自信たっぷりな様子がブルックにはむかむかした。彼との婚約をでっちあげて新聞に発表してやろうという、とてつもない考えが彼女の頭に浮かんだのは正にその瞬間だった。


ミスター・ストウンと対決しなければならない。ブルックは自分が落ち着いているように見えることを祈った。きっと彼は怒りをぶちまけて、わたしを徹底的にやっつけるにちがいないわ。それに相当することを実際このわたしがやったんだからしかたがないんだけれど……。


秘書室に入ると、ストウンの個人秘書のキャサリン・ファラデーとその助手が忙しそうに立ち働いていた。

「なにかご用？」キャサリンが無表情で言った。

「ミスター・ストウンに呼ばれたんです。わたしブルック・フォークナです」

キャサリンは思いがけないといった顔つきで彼女を見たが、すぐに秘書電話《インターホーン》に向かって言った。「ミス・フォークナがお目に掛かりたいと」

「すぐに通してくれ！」インターホーンからストウンの声が返ってきた。声の調子から察すると、さっき内線で来るように命じられたときと彼の機嫌は少しも変わっていないようだ。

キャサリンが立ち上がった。冷たい感じの美人だ。心もち眉をひそめている。たかが受付係の女の子に社長が直接になんの用事があるのだろうと推し量っている様子である。

「あ、わたし、わかりますから」ブルックはあわててキャサリンを押しとどめた。きっと社長室に一歩足を踏み入れたとたんにストウンの冷たい罵《ののし》り声が飛んでくることだろう。ブルックは自分のそんな場面を他人に、とくにキャサリンのような同性に見られたくなかった。

「では、どうぞ」キャサリンは自分の席に座ると、取り澄ました挙措で、また仕事に掛かった。

ブルックはストウンと顔を合わせるのが怖くてためらった。だがこちらから入って行かなければ、向こうから出て来るにちがいない。彼女としては、社長室のドアの前でおびえたように立ちすくんでいるのを彼に見られるのはしゃくなことだった。

しぶしぶながらノックをすると「入れ」の声が掛かった。この前見せたような優しい微笑はストウンの顔のどこにもなかった。代わって顔面いっぱいに怒りが広がり、瞳はきらきらと光っている。

ブルックがデスクの前に立つとストウンは立ち上がってゆっくりとデスクを回り彼女の側にやって来た。そしてデスクにどすんと腰を下ろした。両腕を胸の前でがっちりと組んでいる。細縞《ほそじま》のネイビーブルーのスーツがよく似合い、外見だけは男性として非の打ちどころがない。やはり素敵だわ……。ブルックは窮地にありながら不覚にもそんなことを考えた。

「さあてと。きみがミス・フォークナ？」彼の語調は予想に反してやわらかだった。

「はい。そういうわけです」いやみな態度だ。ブルックはストウンの出方を観察しながら答えた。それにしても、そんなにしげしげとわたしを見なくたっていいじゃない！ライトブルーのブラウスの上にブルーの事務服。どうせわたしの身なりは野暮で、彼がいつも連れ歩いている女性たちのぜいたくな服装にかないっこないんだから！

「つまり、ぼくが婚約した方があなた？」ミスター・ストウンはまだやわらかな調子を崩していない。

ブルックはもじもじしながら言った。「そ、そのことでご説明したいと……」

ストウンはほほ笑んだ。その微笑は、なんら機嫌のいいしるしではなかったけれど……。

「ご説明いただけますかね？　まったく見ず知らずの方と婚約するにはどうしたらよいか、

納得行く説明をね」そう言い終わったとたん彼の目には怒りが満ちあふれた。「さあ、どんな説明ができると言うんだ！」

ブルックは体を固くした。「わけをお話しします。でもお話ししてもお気に召すかどうかわかりませんけど」

ストウンはデスクから飛び下りて再び椅子にどっかと腰を下ろした。「会ったこともない女性とぼくが婚約したとは、いったいどういうことだ！」

ブルックは息をはずませながら言った。「それはまちがってます。わたし、あなたの会社の社員ですもの。ですから何百回とあなたを見てますわ」

「見ることと会うことをいっしょにするな！　ぼくは毎日何百という人を見ているが、その人たちを知っていることにはならないんだ！」

「お言葉を返すようですが、わたし、あなたと確かに会っています。二週間前にモデルの人をここへ案内して来たときに」

ストウンはしばらく無言で彼女を見つめた。「そう。そう言えばそうだったな」

「新聞社に話を持ちこんだのは……だからなんです」

ストウンはびっくりしたように言った。「ぼくの部屋までモデルを案内して来たからだって？」

「まさか、とんでもない！」ブルックは、あのときストウンから十分な辱めを受けたのであった。いま彼が怒りでおかしくなっているのはわかる。しかし彼女に当たり散らしてよい筋合いではないのである。「あのとき、あなたがお話しになっていたこと……女性についてお話ししていたことを全部聞いてしまったんです。だからなんです」

「全部聞いた？……なるほど。それでぼくとの婚約発表を？　ぼくが女性の素晴らしさについて語っていたから？」

「そうなんです。話を立ち聞きして……そんな気持ちになったんです」ブルックの青い瞳は、あやしい光を帯びた。「あのときの言葉を全部撤回していただくには、こうするしかないと思ったんです。あなただって普通の男の人たちのようにいつかは結婚しなければならないということを、思い知らせてあげたかったんです……。でも……わたしの失敗でしたわ。今朝新聞を見たとたん、そう思いました。わたし、ただ、あなたに仕返ししたかったんです。女性を見くびっているあなたに……」

「そういうことか！　きみはたっぷりとしっぺ返ししてくれたよ……。たった三十分前のことだ。フィリップ・ベイリスから祝いの電話をもらったんだが、奴がいったいなんのことを言ってるのかぼくには見当もつかなかった」ストウンは激しい語調でつづけた。「あやうく笑いものにされるところだった。なんとか、ごまかすにはごまかしたがね。自分が結婚することになったなんて、第三者に教えられたらどんな気持ちがするか、きみにわかるかい？　ブルック・フォークナなんて見ず知らずの女性じゃないか……。それでも、どこかで聞いたことのある名前だなあという気がしたんだ。なんのことはない。毎朝会社の玄関で顔を合わせている社員のことじゃないか」

「わたしのこと、かわいこちゃんだなんて馬鹿にしたじゃありませんか！」ブルックは憎々しげに言った。

「ほう、それでこういう騒ぎを起こしたの？」

ブルックは髪をかき撫《な》でながら答えた。「ご心配いりません。あの婚約発表はまちがいだったと明日の朝刊で発表してもらいます」

ストウンは立ち上がった。そうして見るとブルックはまったく小さく見える。体躯堂々としていかにも男性的な彼であった。「きみ！　そんな簡単な具合にはいかないんだぜ。子どもじゃあるまいし馬鹿げているじゃないか！　さっきも言っただろう。フィリップからおめでとうと言われて、ぼくは本当に婚約したように返事しているんだ。だから、今晩二人そろってパーティーに出席するよう招待されてるんだ」

「まさか承知はなさらなかったんでしょう？」ブルックは答えながらも神経がきりきり痛みはじめたのを知った。

「もちろん行くと言っておいたよ。他に答えようがあるかい？　ぼくの婚約者をみんなが見たがるのも当然じゃないか。きみが出席できない理由を思いつく暇もなかったんだ」

「今夜はわたしたち二人だけでお祝いするから行けないと返事をすればよかったじゃあり

ませんか！」彼女は絶望的な気分におちいりながら言った。

「だれもが、きみみたいにさっと、でたらめなことを思いつけるものではないんだよ」

「だけどこの婚約は本物じゃありません！」ブルックの声はいまや震えを帯びていた。

「本物に見せる必要はあるんだ。ぼくも実業家のはしくれだから。ある日婚約発表して次の日にそれを取り消すなんてことはできないんだ。そんなことをしたらぼくの実業家としての評判はがた落ちになってしまう。ブルック、これもきみが引き起こしたことなんだから、きみ自身行きつくところまで見届ける義務があると思うよ」

「行きつくところまでですって？」彼女は恐ろしげに反応した。

ストウンは肩をすくめて言った。「言葉だけだよ」

ストウンの言葉のかげに、なにか強い意志のようなものが見え隠れしていることをブルックは気づいていない。

「でもわたしは、あなたと婚約するつもりありません」彼女は気分を害した様子で言った。

「もっと早くそう思わなかったのが残念だね。ぼくもまったくきみと同じ考えだっていうことはわかってるだろう？」

「それはわかってます」いまさらながら自分のしでかしたことの重さを彼女は感じた。すべて、わたしの罪なんだわ。わたしが軽はずみなことをしたせいなんだわ。

「それでよしと」ストウンは慎重に言った。「もうみんなにわかってしまっただろうから、きみも役割どおりに動いてほしい。十二時半に昼食に出かけよう。そのつもりでね」

「そんな！　社長といっしょに食事になんか行けません。みんなに変に思われます」

「他人にはなんとでも思わせておけばいいじゃないか」彼はきびしい調子で言った。

「ひどいわ！」そう叫んだ後でブルックは急に腹が立ってきた。「わたしが悪いのは確かです。ですから、もしお望みならいますぐ会社を辞めさせていただきます」この会社を出て行っても、他にどこにも当てはないのだ！　だが彼女は言った。「わたし、わたし、あなたに馬鹿にされるのはもう我慢できません！」

「きみだって独力でたいしたことをやってのけたじゃないか」

「あなたにそんなこと言われる筋合いは……」

「十分にあるよ。想像してごらん。きみなんか見たこともない人間だと、ぼくが新聞社に知らせたらきみはどうなる？　徹底的にきみは記者から追いかけ回されるだろうな」

悔しいけれどそのとおりだわ。なぜもっと先の先まで読んで行動しなかったのだろうか。ああ、なんと愚かなことをしてしまったんだろう。いまや、ジャロッド・ストウンのほうが仕返しできる立場に立ってしまったではないか。いったいわたしは、あの馬鹿げた行動の結果としてなにを期待していたんだろう？　ストウンは有名人の一人だ。今日婚約して明日婚約破棄などという不名誉なことができない事情は了解できる。自分だってそんな恥さらしなことはできやしない！

しかしストウンと婚約した形のままというのも絶対にいやだ！　彼自身言うようにそれこそ見ず知らずと言ったほうが早い間柄の男性に、恋に似た気持ちを抱いていた自分が不思議に思えるのだ。どこか気がおかしくなってたんだわ。そうよ、わたし本当にどうかしてたんだ。二十歳《はたち》にもなっていまようやく彼女は、幼い恋心の世界から抜け出ることができたのだったが。

「ブルック」彼女の物思いを妨げてストウンが呼んだ。

「わたしをそんなふうに呼ばないでください」

「じゃあ、なんて呼んだらいいかね？　マイ・ダーリン？」彼は挑発するように言った。

ぷいと横を向いて彼女は答えた。「そんな呼び方、問題外だわ」

ストウンは肩をすくめた。「結局ブルックと呼ぶことにしよう。それがきみのファースト・ネームだし、きみはぼくの婚約者というわけだからね」

「ちがうわ！」

「ぼくがもういいと言うまで、きみは当分の間婚約者の振りをしなければならないんだ」

彼女は目を大きく見開いてたずねた。「どのくらい長い間？」

「そう。四カ月かな？　いや五カ月かな？」

「いま、なんて言いましたか？」ブルックはデスクの上に両手を突いて、勢いこんで言った。「冗談をおっしゃったんでしょう！」

「こういう大切な事柄で冗談話はできないよ」

「四カ月も婚約したままにしておくんですか！」

「最低でもね」ストウンはうなずいた。

「あなたの生活の邪魔になりはしませんか？」

「少しはね。だが我慢するさ。きみだってボーイフレンドはいないようだから、だいじょうぶだろう。いるわけないね。いたとしたら偽の婚約発表なんてできるはずないからね」

そのときデスクの上の内線電話が鳴った。「どうしたキャサリン？　ミス・フォークナがここにいる間、電話はつながないでくれ」ストウンは受話器を置くと、ブルックの顔をしげしげと見つめながら言った。「さあて。われわれが婚約したことを報告しておいたほうがいい人はいるかな？」

「とんでもない！　報告なんて、そんな！」

「ご両親に、娘さんとの結婚を許してほしいと相談に行くのはエチケットというものじゃないか」

ブルックは顔の色を失った。彼がまったく本気でそう言ってるように思われたからだ。

「父も母もとっくに亡くなっています。わたしは伯母に育てられたんです」

「それじゃあ伯母さんに会おう」

「伯母も去年亡くなりました。……とくに最近四年ほどは、わたし行き来していませんでしたけど……。父のことをとても悪く言われたんです。妹……わたしの母のことですけど、母と父との結婚は二人が亡くなった現在でも認めたくないなんて言われたんです」

「四年前って言うと、きみは?」

「十六歳でした」ブルックは言葉少なに言った。父のことを悪しざまに伯母から言われた四年前の思い出が鮮やかに蘇《よみがえ》ってくるのだった。

「すると……いま二十歳? よしてほしいな。ぼくは幼な妻を手に入《あ》れることになるんだぜ」ストウンは不機嫌そうにつぶやいた後、言い訳するように付け加えた。「三十七歳なんだよ。ぼくは」

「いままで結婚したことは一度もないんですか?」彼の年齢で結婚の経験がないというのはいかにも奇妙に思われた。その質問を口に出したとたんブルックは急に緊張感が体から抜け去っていくのを覚えた。

ストウンは椅子に深々と座り直して答えた。「きみのいまの年齢より二つ三つ上のころだったがね、結婚しようと思ったことはあるんだ。結局ぼくが振られておしまいになったけど」

「まあ!」

「いやいや。そんなことはどうでもいい。ずいぶんと時間をつぶしてしまった! 十二時半にきみを迎えに行こう。それからいっしょに昼食だ。二時間は覚悟しといてくれよ」

「そんなことできません。わたし、仕事がありますから」

「その仕事を言いつけるのがぼくの立場なんだよ。だれかに代わってもらえばいい。他の人たちのいる前ではいまよりずっとリラックスして振る舞ってほしいな」

「リラックスですって？　そんなことできるはずもありませんわ」

「さあエレベーターまで送って行こう」

ブルックはますます緊張して言った。「そんな、そんなことしてもらっては困ります」

ストウンはドアをあけながら言った。「そうさせてもらうよ。できたてのほやほやとはいえ婚約者をエスコートするのは当然だろう？」

ブルックは懇願するように言った。「ミスター・ストウン！　おねがいですから……」

「ジャロッド！　ジャロッドと呼びたまえ」

そんな呼び方わたしにできるはずもないわ。ブルックは当惑しながら言った。「どうか、そんなふうにいじめないでください。もうあやまったじゃありませんか」

「あやまれば済むものじゃないよ。そのわけはさっき説明したはずだ。ぼくの言うとおりにしないならば、きみだってひどい目に遭うんだぜ」

「わたし会社を辞めさせていただきます！」ブルックは挑発的に言った。……でも本当は、この問題を最後まできちんと片付けない内は辞めていきたくない……。「あなたの会社だけがいいお給料を出してくれるいい会社だなんて思ったらまちがいよ！」

「そんなことわかってる！　だが、ぼくが推薦状を出さなかったらどうなる？　簡単に仕事を見つけることはできないんだよ」

「まさか！　そんなことできないわ！　わたし、いままでちゃんと仕事をしてきました」

「立派な仕事ぶりだって？　きみのやったことが！　ぼくは、きみを裁判所に訴えることだってできるんだぜ。あの新聞記事にはきみの談話がついていたね。あれは、きみがでらめの婚約を発表したことの十分な証拠になるんだ」

ブルックは蒼白《そうはく》になり、次いで顔面いっぱいを紅潮させて叫んだ。「そんなこと！」

「うん、まあしないだろう。だけど、きみだって少しは協力してくれてもいいじゃないか。もともとこんどのことは、きみがしでかしたことだろう？」

「わかりました。わかりました！　ごめんなさい。ごめんなさい！　ごめんなさい！」

ジャロッドは無表情である。「あやまってもらってもしかたがない。次の人との約束があるんだ」彼はそう言いながらドアをあけた。

「おねがいしても駄目なんですね……。でも、みんなになんと言って説明すれば」

「ぼくが急にきみを恋してしまって、きみの足許《あしもと》にひざまずいて求愛したとでも説明したら？」

「これ以上困らせないでください。おねがい……」ブルックはしょんぼりとうなだれて言った。

するとジャロッドは不意に指で彼女の顎《あご》をつまんで持ち上げた。「これ以上ってどんなこと？　きみにしたいことはあるよ。だけど、きみはそうされることを望まないだろうな」

彼の光り輝く灰色の目に見つめられて、ブルックは一瞬、心を奪われたような気持ちになった。ジャロッドの焼けた肌からアフターシェーブローションの強い香りが漂ってくる。

「なにをなさりたいの？」彼女は息をつめてきいた。

ジャロッドは、彼女の顎から手を放すとドアの外へ押しやりながら答えた。「いまのところなにも考えていないから……。きっと楽しいだろうとは思うがね」秘書室に入るとジャロッドは秘書たちの四つの好奇の目をものともせず、かえって彼女らに聞こえるようにわざと大声で言った。「じゃ、後で。きっとだよ。いつものところで昼食にしよう」

ブルックが声を出すより先にジャロッドは頭を傾けて、素早く彼女にキスした。驚きで彼女の目は大きく見開かれた。秘書たちが気になったが彼女たちは仕事に熱中している振りを見せている。

「そんなことしないでください！」ブルックは小さな声で、だが怒りをこめて言った。

「うん、それはいい話だね、ブルック」ジャロッドは笑いながら声高に言った。秘書たちに聞こえよがしに言っているのだ。

ブルックは、辻褄《つじつま》を合わせるため自分も進んで演技してみせることに決めた。彼女の両腕は彼の首に巻きついてゆく。唇が、求めるようにかすかに開く。そうして彼女は言った。

「それじゃまたお昼に、ダーリン」

ジャロッドは抱擁する手に力をこめた。ブルックは痛くて悲鳴をあげたいくらいだった。

「ブルック、あとでね。楽しみにしてるよ」第三者にはまったく恋人同士の会話としか聞こえないだろう。

「ああ、ジャロッド。わたし、幸せよ」彼女はにっこりとほほ笑んでみせた。この人、腹を立ててるみたい！　目の色でわかるわ。でも、もうそんなことかまわないわ。平気よ。

「さよなら、ダーリン」

専用エレベーターで一階に下り立ったころには、ブルックの顔色も平常に戻っていた。だがこれからの何カ月間か、彼女はいったいどのように過ごしたらいいのだろうか。

受付の席に戻ってみると、ジーンは一人で仕事に追われてきりきりまいしていた。あんなに話が長くなるなんて思わなかったんだもの。わかってたら、わたし、ジーンを一人でおいて出かけたりしなかったわ。

「いったいなにがあったの？」暇ができるとジーンはたずねた。「どこかから電話が掛かってきたら真っ青になっちゃって。それから専用エレベーターで出かけたと思ったら一時間も帰って来なかったのよ、あなたったら」

「ごめんなさい、ジーン。長くなってしまって。わたし、あなたにこんな迷惑かけるなんて思ってなかったの」

「だけど、どうしたっていうの？　だれか知ってる人が病気にでもなったの？」

ブルックは、なんと言って説明していいやら、まごついた。本当の話なんて、みっともなくて、到底ジーンに聞かせられないわ。「……わたしね、わたしね。……婚約したみたいなの」

「婚約ですって？」ジーンはその一語でにわかに興奮を示した。「だれと？　だれかとつき合ってるなんて言わなかったじゃない」

「そうなの。急だったの。考える時間もなかったくらいなのよ」本当にそのとおりなのだ。このいんちきの婚約がこれから彼女になにをもたらすのか、彼女自身まったく五里霧中なのだ。ただまざまざと思い出せるのは、ジャロッドの唇が彼女に触れたときの、全身が軽く浮かんだような感覚である。恥ずかしい！　あのときわたしは本気みたいに応えちゃったんだわ。でも、だしぬけにされたんだもの！

ジーンはまだわからないといった表情できいた。「あなた社長室へ行ったのね。ミスター・ストウンと関係があることなの？」

「そうなの。おおありなの」

「おおありですって？　まさか、あなた……」

「まさか、なのよ。わたしミスター・ストウンと婚約したの」

「たいへん！　嘘《うそ》でしょう？　あなたが彼と会ってること、わたし少しも気がつかなかったわ。嘘でしょう？」

「でも本当なの。まったく急な話なんだけど」

「あのう、恐れ入ります」そのときハスキーな女性の声が割って入った。「わたくし、ミスター・ストウンにお会いしたいんですの」

その女性の身辺から強い香水の匂《にお》いがブルックの鼻を襲ってくる。美しい人だった。すらっと背の高い女性だ。ブロンドの髪が肩に掛かっている。格好のよい高い鼻が印象的である。だれなんだろう、この人は。こんなに優雅な雰囲気の女性ははじめてだった。ジャロッド・ストウンの女友だちの一人にはちがいなさそうだけど……。彼が好きになりそうなタイプだわ。三十前後かしら。とっても理知的で教養がありそう！

「社長室は十階でございます。あちらのエレベーターでお上がりください。電話で連絡しておきます」

「どうもありがとう」さらっと礼を言ったその女性の目は、ブルックの胸のネームカードの上に吸いつけられるようにとまった。「あなた……ブルック・フォークナ！　そう、あなたがミス・フォークナなの！」

「はい」ブルックは顔をしかめて答えた。

「そうなの。あなたなのね」その女性はいくぶん自制心を取り戻して言った。「ジャロッ

ド も隅におけないわね」その女性は自分に言い聞かせるようにつぶやいた。

「あのうなにか?」

「いいえ、なんでもないの。ミス・フォークナ、お目に掛かれてうれしいわ。おかげでよくわかったわ。お会いできて……」

〝わたしなにもして差しあげませんでしたけれど?〟ブルックがそんな言葉を口にする必要はなかった。その女性はさっさと専用エレベーターの方へ歩き去っていたからだ。見かけによらず失礼な人! ブルックは気分を害してジーンに言った。「あの人いったいだれなの?」

「知らなかった? あの人サリーナ・ハワードよ」

ブルックは、あの女性が立ち去った方角に驚きの目をみはりながら言った。「あの有名な億万長者の奥さん?」

「そうよ」ジーンはうなずいた。

サリーナ・ハワードのような女性がジャロッド・ストウンとかかわり合いがあるとすれば、どんなかかわり合いなのか大体想像はつく。しかしそれにしても、彼女の夫チャールズ・ハワードは世界的にも知られた富豪であり、またたいへんハンサムなことでも評判なのである。もっとも三十歳の妻に対して夫は五十代後半という年齢のハンディキャップはあったけれども……。

一時間ほどするとサリーナが下りて来た。ブルックは彼女の姿をじっと見つめながら思った。仕事の話なんかじゃ決してないわ。きっと二人で楽しい話をしていたに決まってるわ。サリーナは冷淡な形式的な微笑を二人に投げてビルから出て行った。

十二時三十分ちょうどにジャロッドが姿を見せた。それまでの間、ブルックの気持ちは乱れっぱなしだった。ジャロッドはわたしと昼食にいっしょに出かけるところを見せたいだけかもしれないわ。会社の玄関を出たとたんに、別々に行動しようと言い出すんじゃないかしら。そのほうがいいんだけど、わたしとしては……。

ブルックは革のコートとハンドバッグを手にしてジャロッドの前に立った。彼は無言のまま彼女の肘を支えてエスコートした。会社のビルを出ると彼は手を放し、ショッピングセンターの方向に大股に歩きはじめた。

「もう少しゆっくり歩いていただけませんか？」ブルックは息をはずませながら言った。そしてジャロッドの顔を見上げながらたずねた。「どこへ行くんですか？」

「わかり切っているじゃないか」

「でも……。お食事に行くんでしょう？　こっちの方向にはレストランはありませんけど」

「それでいいんだよ。店へ行くんだ」

「……なんのお店？」

「宝石店さ。すぐそこにいい店があるんだ」

ブルックの胸の中に恐れが渦巻いた。「宝石店へ？　なにをしに？」

「われわれは婚約したんだ。きみに婚約指輪《エンゲージリング》を買ってあげなければならないだろう？」

2

「わたしは婚約指輪《エンゲージリング》なんか欲しくありません！」

ジャロッドは振り返って、ブルックの腕を強くつかんだ。「街の中で、そんな大声出すもんじゃない」

彼女はその手を振り払って言った。「わたしにどうしろっておっしゃるんですか！　考えてることがちがいすぎるわ」

「ヒステリックに騒ぐなよ。指輪もなしに、婚約したなんて発表できないだろう？　みんな目ざといんだから、すぐにきみの指を見るだろう。とくに今夜はね」

「指輪はいりません。今夜のパーティーにも行きません。会社の人たちに婚約した振りをするのはかまわないけれど、あなたの上流階級のお仲間で笑いものにされるのはごめんこうむります」

「くだらないことを考えるんだな、きみは。極端に走りすぎるよ。若さのせいだと思ってかんべんしてあげるがね。ぼくの仲間がきみを笑いものにすることなんてあるものか。だけど、きみが婚約指輪をしていなければ、きっと変に思うだろうな……。どっちにしろ、もう宝石店に電話で注文してあるんだから」ジャロッドは腕時計にちらと目を走らせた。

「あなたはそのお店でいいお顧客《とくい》さんなんでしょうね。大勢のガールフレンドにいつもそこで買ってあげてるんでしょう！」ブルックは思い切って辛辣《しんらつ》に言った。こんな思いあがった男が相手なんだから少しぐらい度を越したって平気よ。ここまできたらなにを言おうとなにをしようとこれ以上状況が悪くなりっこないわ。

「もしそうだとしたら？　きみに関係あるかい？」

「……関係なんて……ありません」

「そのとおりだ。じゃあ店へ行こう」

「おねがいです！」ブルックはジャロッドの腕をつかんで引きとめた。スーツが快い感触を彼女の指に伝える。

ジャロッドはびくともしない。頑固な性格なのだ。この調子で彼はこれまでビジネスのライバルを蹴落《けお》としてきたのだろう。彼は、ブルックをおどすように言った。「だれだったっけ？　こんな問題を引き起こしたのは」

「でも、それにつけこまなくてもいいじゃありませんか」彼女の声は懇願調に変わっていた。

「もう議論はやめにしよう。きみはぼくに言われたとおりにすればいい。今朝のような行きすぎた演技は必要ない」

ブルックははっとした。なんのことを言われたのかすぐにわかったが、きいてみた。

「なにか、わたし悪いことしました？」

「たわいもなく甘ったれてみせたじゃないか」

「あなたに甘えたりなんかしません！」

「秘書室の連中にきみはいい印象を与えたよ」ジャロッドは皮肉っぽく言った。

「あなたが先にキスしてきたのよ」彼女はやり返した。

「それは認めるけれど、きみの演技のようにわざとらしい大げさなものじゃなかったよ、ぼくのは」いかにも高級専門店らしい宝石店の前で立ち止まりながらジャロッドは言った。

「これからは、つつましやかな婚約者らしくごく自然に愛情を表現してもらいたいね」

「あなたなんか大嫌い！」ブルックは激しい調子で言った。

これに対しジャロッドは、不可解なまなざしで彼女を見つめただけである。ブルックは胃のあたりがきゅっと締まるような感じを覚えた。とても男性的でやっぱりハンサムだわ。ジャロッドへの憧れはまだ消え去ってはいないようだった。

「ぼくを嫌い？　そういうことにしておこうじゃないか」彼は穏やかに言った。「新聞記事を見たとき、はじめは恐喝の一種かなと思ったんだ。それからきみの人事ファイルを調べて、ひょっとしたらこれは、ぼくを好きになったあげくに思い切ったことを……なんて考えたんだが」

「いいえ、わたしはちがいます！」ブルックは口早に答えた。本当のことを言えば彼への思慕は確かにあった。だがそれも、お金で女性を自由にできると信じこんでいる彼の女性を蔑視《べっし》する言葉でいっぺんに嫌悪感に変わってしまったのだ。彼女はいま復しゅう心に燃えているだけなのだ。

「そうかなあ？　若い女の子が年上の男を好きになることはよくあるんだがねえ。事がスムースに運ばないときには女の子のほうからアプローチする場合もよくあるって聞くけど」

「さっき言ったように、わたしはちがいます！」

「そうそう。きみの動機は仕返しだったっけね、かわいこちゃん？」

わたしをひっかけようと思ったって、そうはいかないわ。なぶりものになってたまるものですか。「いいかげんにしてください。わたし、あと四十分で会社に帰らなければならないんです」

「おや？　お昼休みを延ばすように言っただろう」

「そうおっしゃってましたわね」

「それならどうして？」

ブルックは首を振った。日の光に茶褐色の髪が映える。「わたしは経営者じゃありませんもの。気分で二時間もお昼休みをとれないんです」

「だけど、きみはいまぼくの婚約者なんだぜ」

「だからなおさら立場を悪用してはいけないんだと思いますわ……。さっきからお店の人がわたしたちを見てるじゃありませんか」

「ああそうか。よし。四十分しかないんならしかたない。中に入ろう」

ブルックが想像したとおりジャロッドはこの宝石店の上顧客のようだった。店の主人は丁重この上なしといった態度で二人を迎えた。

「いらっしゃいませ。今日はご婚約者もお連れくださって……。さあどうぞ。ミス・フォークナ、わたくしどもで指輪をお選びくださいますそうで本当にありがとうございます」

ジャロッドはブルックにほほ笑んでみせた。それから店主に言った。「ミスター・グリーン。きみのところは、この街でなんといっても一番だよ」

「どうもありがとうございます。さきほどは、サファイアは入れないようにとのお電話でございましたが、それがよろしゅうございますね。ミス・フォークナの目のお色は、ブルーというよりも紫がかっていらっしゃいますから」

「すぐに指輪を見せてもらいたい。時間があまりないんだ」

店主がいなくなるとブルックは言った。「いつわたしの目の色をごらんになったの?」

「見やしないよ。きみの人事ファイルに書いてあったのさ」

「あなたがわたしのファイルを読むなんて秘書室の人たち変に思わなかったかしら?」

「ぼくの個人生活に介入させるために秘書を雇ってるのではないんだ」

「でも……。人事ファイルにはわたしの目が紫だなんて書いてなかったと思いますけど」

「書いてはなかったかもしれないな。しかし紫がかってることは確かだよ。いいじゃないか、書いてあっても書いてなくても」

指輪のケースが運ばれてきた。美しく光り輝く本物の宝石入りの指輪ばかりだった。ダイヤモンドにエメラルドにルビー。どれもこれも高価なものにちがいなかった。それも当然である。この店はどう見ても大金持ちクラスだけが出入りする宝石店のひとつのようなのだ。

ブルックは指輪に恐る恐る触ってみた。ひとつひとつの美しさに目をみはった。細くて長い指だったからあまり小さな石は似合わない。だが彼女は小さいものをひとつ選んで指にはめてみた。高価なものの中でも一番安いだろうと思われたからだ。結局、ジャロッドの顔を見上げて助けを求めるような声で言った。「どれがいいかしら?」

彼はさっと手を伸ばして、薄い金のリングに大きなダイヤモンドがついている指輪を取り上げブルックの指にはめた。「これだ。これに決めた」

店主のグリーンの満足気な顔を見て、ブルックはそれがケースの中で一番高い指輪だろうという察しがついた。彼女が抜き取ろうとするとジャロッドの強い手がそれをとどめた。

「そのままはめていなさい。ぴったりだよ」

「でも、でも、わたし……」

「ここでは、もめないという約束だっただろう？　ブルック」

「でもこの指輪は高すぎます」

「ぼくに任しておきたまえ。きみにはめてもらいたいのはその指輪なんだ」

「なくしたりしたら困りますわ」

「保険がついているから」

「それはそうでしょうけど。でも……」

「話はそこまで」店主のグリーンが二人のそばに寄って来たためジャロッドは強く言った。

この指輪がいったいいくらぐらいするのか知りたい気持ちもあったが、ジャロッドとグリーンの売買の話を立ち聞くのもぶしつけと考えて、ブルックは他の陳列ケースの方へ歩み去り中のネックレスなどをのぞきこんだ。

宝石店を出ると、ジャロッドは彼女に大きな箱を手渡した。「開けてごらん」彼は言った。

その中身を見た彼女は思わずあっと小さな声をあげた。ビロード張りの箱の底で、大きなダイヤモンドをあしらった金のネックレスが、燦然《さんぜん》と光り輝いているのだった。ダイヤモンドつきのイアリングも入っている。

ブルックは箱をジャロッドに押し戻して言った。「これはいただけません。指輪はわたしのお役目が済むまではめていることにします。だけど、それ以外の物をあなたからいただくいわれ、わたしありませんもの」

「これも今晩のパーティー用だよ。取っておきたまえ」

「わたしのような受付係がこんな高価な物を身に着けていたらおかしいですわ」

「それは当然だね」彼は冷たく言い放った。

「……いやな気持ちになってきましたわ。結構です。それではパーティーが終わるまで、一応みんなお借りしておくことにしましょう」

「子どもみたいなことを言うんじゃないっ！」

「わたしに強制しようとしても無理です！」

「なんて強情な娘なんだろう、きみは！　よしわかった。ネックレスのほうは、ぼくがしまっておいてあげることにしよう。それじゃあ次はきみのパーティードレスの新調だ」

「ドレスぐらい持ってますわ」

「もちろん持ってるだろうよ。だが、新しいのを買ってあげようというんだ」

ブルックがドレスはいらないというのは本心だった。買うのにかなり無理をしたけれど、上等なのを一着持っているのである。どんなハイクラスのパーティーにでも着ていけるものなのだが、残念ながらこれまで一度もそんなチャンスはなかった。厳密に言えば一回だけそのドレスを着るべきチャンスが回ってきたことがある。しかし約束したパーティーの日がやって来る前に、彼女はそのボーイフレンドに幻滅して別れてしまったため、ドレスは未使用のままなのである。それにしてもジャロッドのためにあのドレスを着ることになろうとは！　彼女はちょっぴり皮肉な気分を味わった。

「本当に持ってるドレスでいいんです」

「なんでも逆らうつもりなのかね、きみは？」

「そう！　そうなんです。けじめは、はっきりさせておきましょう」

「手に負えないよ、まったく！」言いながらジャロッドは、手を振ってタクシーを止めた。先に彼女を中に押しこむと自分もぴたりと横に座った。「街の真ん中で議論をはじめられては、たまったものじゃないからな」

「あなたはなんでも押しつけすぎます！」

彼は答えずに笑いをもらすだけだった。やがてそれは高笑いに変わった。ブルックは彼の表情の変化にびっくりした。傲岸《ごうがん》な感じが薄れ、若々しく見える。彼の灰色の目に表れた楽しそうな気分に気づいて、ブルックの心は少し乱れた。

「そうかなあ。ぼくはそんなに強引かねえ」彼は笑って言った。「きみのために、ぼくの人生はいろいろ変えられてしまうみたいだな」タクシーはストウン・コンピューター社に着いた。ブルックが降りるのを助けながら彼は言った。「八時半ちょうどに迎えに行くよ」

「でもご存知ないでしょう、わたしの住まい。あっ、ファイルに書いてありますね」

「まちがいなく書いてあると思うよ。じゃあ、後で……」ジャロッドはまたタクシーに乗りこみどこかへ出かけて行った。

受付の席に戻ってからも、指にはめた大きなダイヤモンドの婚約指輪が気になってならなかった。一生懸命左手を隠すように工夫してみたがとうとうジーンに見つかってしまった。ジーンは宝石の美しい輝きに感嘆して叫び声をあげた。「ブルック！　いつから彼と恋仲になったの？　婚約するまでのお話、聞かせてほしいわ。今朝、彼の悪口言っちゃってごめんなさいね。知らなかったんだもの。彼の素敵なこと、あなたは直接知ってるのに言わないし……」

わたし直接に、ジャロッドのことを知ってないわ……。あっ、今朝のキス！　ジーンはあの人が冷たい仕事の鬼みたいに言ってたけど、そうじゃないってことは確かみたいね。キスも手慣れていた。あのときはわたしも……。

「そうね。あなたは少し彼のこと誤解してたわ」ブルックはジーンに言った。

「お伽噺《とぎばなし》みたいだわ！　本当におめでとう！」

ジーンはおめでとうと言ってくれたが、その日の夕方フィリップ・ベイリスのパーティーに出かける支度をしながら、それどころじゃないとブルックは思いつづけた。サリーナ・ハワードみたいな洗練された女性が大勢出席するにちがいない。恥をかかなければいいのだが……。

彼女のドレスは、茶褐色の髪によく映えるあずき色のシルク地である。ハイネックが彼女の白鳥のように優雅な首筋を引き立て、ほっそりとした肢体の美しさが十分に表現できるデザインだった。

「素晴らしいじゃないか」ジャロッドは彼女の部屋へ入って来るなり、しげしげと彼女の姿を見つめて言った。大きな白い箱を小脇《こわき》に抱えている。黒のズボン。真っ白なシルク地のシャツ。それにグレイのビロード地の上着。素敵だわ！　ブルックも彼を見つめた。

「どうもありがとう……。パーティーでわたしをひとりっきりにしないでくださいね。だれも知らないいんですもの」

「フィリップは知ってるだろう？」

「いいえ知りませんわ。見たことはありますけれど。だって、見たことがあるだけでは知ってることにならないんでしょう？」そう言って彼女は軽く笑い声をあげた。

ジャロッドは気にもしない様子で言った。「フィリップのほうでは知ってると思うね。きみ！　ぼくの婚約者だということ、くれぐれも忘れないでいてくれたまえ」

「指にこの指輪がある限り忘れるわけにはまいりません」彼女は少し気分を害して言った。まるで彼女が、ジャロッドの友だちに惹《ひ》きつけられることでも起こるかのように言われたのに腹を立てたのである。「この指輪がわたしの気に入るかどうか、お店できいてもくださらなかったわね。もしきかれていたらわたし、気に入らないって答えていたわ」彼女は挑戦的になっていた。

「気に入るかどうかなんて関係ないね」ジャロッドは肩をすぼめ両手を広げてみせる。

「ジャロッド・ストウンさまの婚約者には高価な物でありさえすればいいというのね。わたしがしでかした馬鹿げた婚約さわぎを、せいぜい楽しんでいらっしゃるんでしょう！」

「楽しめるわけないじゃないか。ぼくに選択権はまったくなかったんだぜ。できてしまったことはしかたがないから、いくらかでもこの機会を活用しようとしてるだけさ。きみにとっても、思いどおりに事が運んだんだろう？　ぼくを好きになって、やったわけではないって言ってたね。だとすればこれは、おどしの他に考えられないじゃないか」

「わたし、あなたに仕返ししたかっただけよ！」

「どうかな？　口でなにを言っても、きみがいま宝石を手にしているのは事実さ。売れば相当な金になるだろうな。きみは自分の嫌いな男と婚約しているそうだが、それで我慢したらどう？」

「他人《ひと》の宝石を売るつもりはありません！」ブルックは激しい口調で言い返した。「イアリングとネックレスはパーティーが済んだらすぐにお返しします。指輪は……。気が済むまでわたしに罰を与えたいと思ったら、いつでもおっしゃってください。それまでお預かりしておきます。おどしだなんて！　そんな気持ちわたしこれっぽちも。それどころか、わたし一時は……」

「一時どうしたって？」

　ブルックは首を振って答えなかった。この男を恋してるなどという錯覚に、たとえ一時期とはいえ、おちいっていたことが悔しかった。そんなことを告白したら、この男は手を打って大喜びしてわたしを嘲笑することだろう。「いいえ、なんでもありません……。そろそろ出かけなくてはいけないんじゃないかしら？」

「うん、そうだな」そう言いながらジャロッドは持って来た箱を彼女に手渡した。「ミンクの毛皮かなにかのほうがよかったかもしれないけど……」

　ブルックはいぶかしげに眉を寄せながら箱の包装を解いてみた。雪のように純白なビロード地のケープが現れた。手を触れてみると、たとえようもなくやわらかくなめらかだ。

「きれい！」彼女は息をのんでつぶやいた。

「気に入ってくれてよかったよ」ジャロッドはケープを彼女の肩に掛けてやった。

　ジャロッドが運転して来たのはダークグリーンのフェラーリだった。危なげもなく運転する彼の横に座っていながら、ブルックは二人でこうしているのが信じられない思いである。

　フィリップ・ベイリスの邸は、ロンドンの都心部から十キロ半のところにあった。門から邸の豪華な樫《かし》のドアまで、かなりの道のりである。すでにたくさんの車が駐《と》まっていた。

邸全体がきれいな照明で夜空に浮き立って見える。ブルックはジャロッドについて歩きながら次第に気持ちが戦《おのの》いてくるのを覚えた。

ブルックがボーイにケープを預けると、ジャロッドは言った。「パーティーに出る前にお化粧を直して来たら？」

「ええ、そうするわ」

「化粧室はあっちだよ。ぼくは先に入って一杯やっているからね」彼は左手のドアを指差した。

「でも、わたし困るわ！」

「なんだい！　子どもみたいに。ぼくもすぐ近くにいるんだから心配ないよ」

彼女はしぶしぶながら化粧室に行った。そこには何人か先着の女性客たちが屯《たむろ》していた。彼女はびくびくしながら大きな鏡の前に歩み寄り髪にブラシをかけはじめた。

少し離れた場所にいる背の高いブロンドの髪の女性が連れとしゃべっている声が聞こえる。「ジャロッドはまだ来ていないみたいね」

「もうすぐ着くんじゃない？　彼を招待してあるってフィリップが言ってたわ」

「早く来ればいいのに！」ブロンドの女がそう言いながら、唇に口紅をなすりつけている。ジャロッドという名前を耳にした瞬間から、ブルックはすっかり緊張してしまっていた。

二人ともかなり美しい女性たちである。かつてジャロッドとデートしたこともあるのだろう。

「ジャロッドの彼女に会ったことある？」

「ないわ。今日までだれも知らなかったんじゃない？　こんどばかりは彼も秘密主義をとったのね」

「きっとサリーナが機嫌を悪くしてるわよ。だってあの人ったら、ジャロッドは自分の言いなりになると思ってるようなんだもの」

ブロンドの女が、こんどは眉毛をかきながら言った。「あの人たち、かなりのところまでいってるにちがいないわ。一度ならずね」

「そうかしら？　そこまでいってるかしら」

「サリーナのご主人のチャールズってどこか抜けてるのよ、サリーナのことに関しては……。だからサリーナ、好き放題なことしてるわ。ジャロッドのことだってそうよ」

「でも、わたしはジャロッドはそんなに……」

「ジャロッドも男よ、ソニア。サリーナはあんなに美人なんだしね」ブロンドの女はここで顔をしかめてみせた。「こんどの突然の婚約ね、ちょっとわたしに言わせれば裏になにかあるわよ」

ソニアと呼ばれた女性は、けげんな顔をして言った。「なにかあるって？」

「カモフラージュじゃないかと思うの、わたしは。ジャロッドが馬鹿な女の子を見つけて来て、うまくだまして婚約したのよ、きっと。そうしておけば、チャールズだってサリーナとジャロッドのことを変に疑わないでしょう？　婚約したばかりの男とサリーナが変な関係になるなんて思わないでしょう？」

「それはそうね！　もう前から噂《うわさ》が広がりかけていたわね」

「わたしの言いたいことわかったでしょう。ジャロッドが婚約したっていう女の子、どこにでもいるありふれた子よ。おとりなんだもの」

ブルックは思わず叫び声をあげそうになったが、やっとのことでこらえた。二人の女性はぺちゃくちゃと話しつづけながら化粧室を出て行ったようだ。

ブルックは怒りで顔を真っ赤にしていた。ジャロッドの策略だったんだわ。人妻との関係を隠すためにわたしを利用したんだわ。よくもそんなことが！　今朝からずっといかにも被害者みたいなことを言ってたくせに、本当のところはわたしとの婚約発表が渡りに船だったんだわ！

サリーナ・ハワードが今朝会社に駆けこんで来た理由もそれで納得が行く。あの人ったら、わたしを見て安心したような顔してたわ。ジャロッドもあの人に、これがいんちき婚約だということをとっくりと説明したにちがいないわ。

もう許せない！　汚ない男！　サリーナとの不純な交際を彼女の夫の目から隠すために、舞いこんだチャンスを徹底的に利用しようとしているのね。

わたし、どうしたらいいんだろう？　ジャロッドの態度からすると婚約解消は容易じゃないわ。でも踏みつけにされるなんて絶対いや！　いいわ。サリーナとの不純な関係を全部知ってるってこと、ジャロッドにわからせてやる。この婚約事件は自分のせいだと、わたしばかりが責任や引け目を感じてる必要なんかまったくないんだわ。

彼女はパーティーの会場へ入って行った。ジャロッドはすぐに見つかった。大勢の客の中でも、特別に目立つ存在なのである。人をかき分けてジャロッドのそばに立つと、彼はすぐに振り向いて目を輝かせながら言った。「ゆっくりだったね。迷子になったのかと思ってたよ」

ブルックは彼が手渡したシャンペンのグラスを持つと、周囲の人の興味深そうな視線も無視して言った。「そうかしら？　わたしがいなくなったってあなた平気でしょう？」

「おや？　どうかした？」

「なんでもないわ。わたし髪をとかしていただけよ」

「十五分もかかったじゃないか」

「他人《ひと》よりたくさん髪の毛がありますからね」

「ブルック！　きみは……」ジャロッドはとがった声を出してなにか言いかけたが、ちょうどそのとき主人役のフィリップ・ベイリスがやって来た。

「ようこそ」フィリップはにこやかに笑いながら彼女に手を差し出した。

「はじめまして」ブルックはいくぶん気恥ずかしそうに笑って握手に応じた。

「きれいな人じゃないか、ジャロッド。今日のパーティーには悪い連中がいるから彼女のそばにずっとついててあげないと……」そう言うとフィリップはブルックに笑いかけてつづけた。「ジャロッドといっしょにいれば、だいじょうぶですよ」

「ジャロッドが、わたしのそばでよかったら……ですわ」そう言って彼女は、意味ありげに〝婚約者〟の顔をちらっと見た。

彼女の肩にジャロッドの手が軽く置かれた。と思ったらその手は肩の肉を強くぎゅっとつかんだ。彼はさりげない調子で言った。「きみのそばでなくて、どこへ行ったらいいんだい?」声はやわらかだが目はきびしく何事かを警告していた。

「さあ。わたし存じません」彼女もやわらかな調子で答えた。

フィリップは笑った。二人の間の緊張した空気に気づいてない様子である。「ところで、どこかでお会いしたような気がするんですがねえ」

「ええ、たぶんお会いしてますわ。わたしジャロッドの会社で働いてますもの」肩の上のジャロッドの手に力が加わった。痛い!

フィリップは驚いたようだ。「あそこで?」

「ええ。わたし受付にいますの」

「そう、そうだ!」フィリップは大きな声を出した。「ジャロッド! きみも水くさいじゃないか。それにしても今まで上手に隠してきたものだね」

「ジャロッドは秘密が大好きなんです！」ブルックはつとめて穏やかな調子で言った。

ジャロッドは彼女にきびしい視線を投げて言った。「きみとの間では秘密はないけどね」

「わたしとですって！」彼女の声は依然冷たい。

フィリップは笑い出した。「もうジャロッドは隠し事なんかないはずですよ。なにしろまともに婚約したんですからね。今朝新聞で知ったときには大きなショックでしたよ」

「ジャロッド本人にもショックだったみたいですわ」ブルックはぎごちなく言った。

「そう言えば、ぼくが電話したとき驚いてたが」

「いや、それはね。今朝の新聞に出るなんてこと知らなかったからさ。新聞記者の早耳にはまいってしまうよ」ジャロッドが言った。

フィリップはまた笑った。「とにかく新聞ときたら……」そのとき向こうの方に姿を見せた一人の女性に気づいたフィリップは、二人に断ってそっちに歩き去った。

「いったいどういう風の吹き回しなんだ？」ジャロッドが機嫌の悪い調子で言った。

「どこも悪いところありませんわ」

「体の具合をきいてるんじゃないっ！　態度がおかしいと言ってるんだ」

「態度ですって？　わたしはあなたに対しておどおどしてみせなければいけないのかしら？　心の底から嫌いになったわ、あなたのこと……。婚約記事のことだって、わたしいままで本当に申し訳ないことをしたと思ってたのよ。でも、少しも申し訳ないことじゃなかったのね」

ジャロッドはにわかに激怒に襲われたようだったが、それを抑えて言った。「いったい、なんの話をしているんだ？」

「よくおわかりじゃありませんか。しらばっくれたって無駄よ。よくもこんな卑怯《ひきょう》なこと……」

そのとき「ジャロッド！」と呼ぶ声がした。女性の声である。サリーナ・ハワードだった。サリーナはいかにも親密な素ぶりでジャロッドと語らいはじめた。まあ、おおっぴらに！　そうだわ、ジャロッドが婚約したいま、二人とももう他人の目を気にしないで済むんだわ。ブルックはそんなふうに利用されるのがしゃくでならなかった。

二人して互いに耳へ口を寄せては囁《ささや》き合っている。ときどき笑い声をもらしながら。何分間か経って、二人はやっとブルックがまだそこにいることを意識したようだった。

サリーナが言った。「ブルック、またお会いしましたわね。こんなに早く会えるとは思わなかったでしょう？」

「ぜんぜん思ってませんでしたわ、ミセス・ハワード」ブルックはぶっきらぼうに答えた。

「まあ。わたくしをサリーナと呼んでくださいな。ジャロッドと婚約なさった以上は、これからはしょっちゅう、わたくしたちお会いすることになるのよ」

ブルックは信じられない面持ちで言った。「本当ですか？」

「そうですとも。ジャロッドとわたくし、とてもいいお友だちなんですもの」

「ご主人もでしょう？　当然。今日はご主人はどこにいらっしゃるんですか？」

「チャールズはいま旅行中なの」

「それは、ようございましたわね！」

「え？　いまなんとおっしゃったの？」

「……おかわいそうにって言ったんです」

「それはそうね。でもね、こういうときにお友だちがいれば孤独を感じなくて済むのよ。チャールズが留守のときは、いつもジャロッドがわたくしに優しくしてくれるの」

「きっとそうでしょうね。ですけどジャロッドもこれからは忙しくなると思います。結婚式の準備もありますし……」ブルックはそう言ってジャロッドの顔を仰いだ。彼の顔に危険信号が走ったが彼女は平気だった。「ご結婚なさってらっしゃるんですから結婚までの用意がたいへんなことはよくご存知でしょう？」

サリーナの青白い頬に、ちらっと感情の影が動いた。「結婚式はいつごろなの？」

「もうすぐなんです」ジャロッドが言葉を発するより先に、ブルックが断言するように言った。「ジャロッドがそんなに待てないって言うの。ねえ、そうでしょう、ダーリン？」

ジャロッドはぎょっとした様子だったが、なにも口に出しては言わなかった。二人っきりになったら、さぞかしすさまじい怒り方をするだろうなとブルックはひそかに思った。

サリーナはジャロッドとブルックを交互に見くらべている。心なしか元気をなくしたようにブルックには思われる。サリーナは言った。「お式の日取りまで決まってるとは知らなかったわ。婚約したばかりなんでしょう？」

ブルックは恥ずかしげである。だが言った。「ジャロッドとわたしにとっては婚約なんて形だけにすぎないんです。結婚式はもう来月に決まってるんです」

ジャロッドは肝をつぶしたようだ。彼は食い入るような目でブルックをにらみつけながら言った。「式のことはだれにも発表しないでおこうという約束だっただろう？」

「でもハワード夫人とはこんなに親しくしていただいているんですから発表したってかまわないでしょう？　それに、もうすぐ発送することになっている結婚式のご招待状を受け取ったとき、ハワード夫人がショックをお受けになるのもお気の毒だわ」

サリーナは自尊心を傷つけられた様子で言った。「明日また連絡するわ、ジャロッド。さようなら、ブルック」

「さようなら、というのは変ですわ。わたしたち、これからいつもお会いするのに」ブルックは口調だけはやわらかく追い打ちをかけた。

サリーナは冷たい一瞥《いちべつ》を残して去った。あとには極めて高価なものにちがいない香水の匂《にお》いだけが残った。

「とても美しい人なのね」ブルックはシャンペンをすすりながらジャロッドに言った。

彼は彼女の腕をつかみ、ゆさぶりながら言った。「あの人が美しいか美しくないかは、いまは関係ない。それになんだって来月結婚式を挙げるなんて言ったんだ。こんどはなにを企《たくら》んでるんだ、きみは」

「企んでなんかいませんわ、ミスター・ストウン。利用されるのはごめんです……というだけよ」

「利用されるだって？　利用されたのはぼくのほうじゃないか！」

「あなたの名前を使いましたわ。だから済まないと思ってましたわ。でも、いまは少しも済まないとは思ってません」

「化粧室から出て来たときから態度がおかしくなったんだな。あそこでなにかあったのかね？」

「さすがですね。よくおわかりですわ。あなたの昔のガールフレンドが二人、おしゃべりしてましたの。おかげでわたし、なにもかものみこめましたの」

「外へ出よう。人に聞かれないほうがいい。ここで待っててくれ。フィリップに言ってくるから」

「外で待ってます」

「ここで待っててくれと言ってるんだ！」

「外の方がいいわ」ブルックは強情に言い張って、ジャロッドが制止するのも聞かずに出て行った。パーティーの人たちは変に思うかもしれないわ。だれがなんと思ったって、わたしはもうかまわない！　彼と彼の愛人の間に少し波風を立てることになりそうだけど、いい気味だわ。当分の間サリーナも彼につらく当たるわ。それでいいんだわ！

「どうしてそうわからず屋なんだい」帰りの車中でジャロッドが言った。

「わからず屋じゃありません。踏みつけにされるのは我慢できないんです」

「ぼくのガールフレンドだったとかいう連中、いったいどんなこと言ったんだね」

「教えてあげましょうか？　あなたとハワード夫人の汚ない関係のことよ。わたしに直接言ったんじゃないけど、あの人たちが話してるのを、わたし偶然聞いてしまったの」彼女はジャロッドの方を見ないように言った。

「ぼくとサリーナの関係だって？」

「ええそうよ」

「それで、きみはサリーナに来月結婚式を挙げるなんて言ってしまったのかい？」

「ええそうよ。あの人とってもいやな顔したわね」ブルックの声には満足感さえこもっている。

「ぼくだって、いやな気持ちだったよ。きみみたいに衝動的に行動する人、見たことないな。それで大きな問題を起こさずに、いままでよくやって来れたもんだ……。いいかい、きみ。今晩中にはロンドン中に、ぼくたちの結婚式は来月だってことが知れ渡ってしまうんだぜ」

ブルックはびっくりして彼を見つめた。「まさか、ハワード夫人が言いふらすなんて、そんな……」

「あの人がそんなことするわけないよ。だけど、きみがあんまり大きな声で言うもんだから、まわりの人の何人かが一生懸命に聞いていたんだ。明日になればきっとぼくの知り合いはみんな、結婚式の招待状が届くのを楽しみにするにちがいない。これはおどしじゃないよ」

3

「まさか！」

「まさかって言ったって、それは確かだよ」

「いや、いや、わたしいや！」なんということをまたしでかしたのだろう。事態はいっそうこんがらかるばかりだ。それも、すべてブルック自身の行動によって！

ジャロッドはため息をついて言った。「婚約さわぎだけでも十分だと思ってたのに、結婚式とは！　結婚したら、容易に解消できないんだぜ」

「わたし、わたし結婚なんかしないわ」

「結婚するより他に手がないじゃないか」

ブルックは指から婚約指輪《エンゲージリング》を抜き取り、車の計器盤の上に置いた。「わたし絶対に結婚しません。ミセス・ハワードとの浮気のカモフラージュに使われるのはもう結構です。夫人もすぐに機嫌を直して元どおりの交際をあなたとはじめますわ」

「それじゃあ、きみは化粧室で聞いたことを事実だと思うんだね？」

「もちろんですとも！　今朝だって夫人が会社に来たじゃありませんか。結婚式の話を聞いたときのあの人の顔色ったら普通じゃなかったわ。その指輪をあの人に見せて釈明なさったらいかがですか？　あれは、あばずれ娘の嘘《うそ》だっておっしゃっていただいてもいいわ」

ジャロッドは指輪を取って彼女の指に再びはめた。「婚約はまだ有効だよ。今朝から状況は変わってはいないんだ」

「わたしのほうは変わったわ。あなたに愛人がいることがわかったんですもの。お気の毒なチャールズ・ハワードの足を引っぱるようなことはしたくありません」

「ぼくの言うことに背けやしないさ。うちの会社を辞めて他の会社に就職しようとしたって、それもできないことはわかってるだろう」

「ミスター・ストウン、そんな言い方……」

「頼むからジャロッドと呼んでくれ」

「そんなに急に親しくしろと言ったって無理だわ。この六カ月間あなたのことは雇い主としてしか見ていなかったんですもの。ジャロッドなんて言えないわ」

「今朝までは、ぼくも自分のことを我慢強い人間だと思ってたんだがね。いまじゃきみのすることなすことに腹が立つよ。強情でおまけに衝動的で。……きみの舌には歯止めがからないのかなあ。週末だけは、せめて控え目にしててほしいな」

ブルックは目を丸くした。「週末ですって?」

「そうだよ。この週末に、父と母がわれわれ二人を家に招待してくれているんだよ」

「ご家族のことなんか知らなかったわ」彼女は打ちひしがれた声を出した。

「両親のほかにね、二十二歳の弟と十八歳の妹がいるんだ。みんな、きみに会いたがってる」

ブルックは彼に突っかかって言った。「家族の人たちに言う必要ありましたの? ご家族をこんな話に巻きこまなくてもいいじゃないですか!」

ジャロッドは車を彼女のフラットの前に止めた。「ぼくが言ったんじゃないよ。きみだよ」

「わたしが?」

「そうさ。両親や弟たちも、ぼくと同じように新聞を見てはじめてぼくの婚約を知ったんだ。ぼくとちがうところは、それを喜んでることさ」

ブルックは不意に息苦しい気持ちに襲われた。ジャロッドの横で体を触れ合わんばかりの位置に座っていることを、突然、強く意識したためである。今夜のパーティーではやはり彼が一番魅力的だったわ。彼に愛されてみたいと夢みた日々が蘇《よみがえ》ってくる。長い間わたしの方など振り向いてもくれなかったのに、やっとこっちを向いてくれたと思ったら愛し愛されるのとは逆の方向だなんて、なんという皮肉!

わかってるの。わたしはサリーナ・ハワードみたいに美しくないんだもの。ジャロッドはサリーナのような洗練された恋愛遊戯を楽しめる女性にふさわしいんだわ。

婚約指輪を彼に返したとき意志を強固にしてまた受け取らなければよかった。この指に指輪を戻させたのは失敗だった！　ジャロッドに心を惹《ひ》かれていることはわたし自身よく知っている。でも彼が他の女性と愛人関係にある限り、彼と結婚したいなんて絶対に思わないわ！

ブルックはジャロッドの優しい灰色の瞳から目をそらして言った。「ご家族の人たちは、あなたが結婚するよう望んでいらっしゃるんですか？」

「うん。とくに弟と妹はね。早く身を固めればいいのにと思ってるらしいんだ」

「お気の毒ですね。お相手が人妻では結婚できませんもの」彼女は苦々しげに言い放った。

「人妻とは結婚できないさ」彼は穏やかに答えた。「きみは、きっとぼくの家族に気に入られるよ。母と考え方がよく似ている。黒は黒、白は白、灰色は黒が少し薄いものといったように、はっきりさせなければ気が済まない性分なんだ」

「ミスター・ストウン、あなたは黒そのものね。灰色なんかじゃないわ」

「人のことを悪魔みたいに言うね」

「悪魔そのものよ」

「母と気が合うこと請け合いだな。母もぼくの行動をいつも非難してばかりいるんだ」

「わたしもお母さまと気が合いそうだわ」

ジャロッドは彼女の顔を見つめた。口許《くちもと》に微笑をたたえている。「きみは、ぼくの思ってたような人ではないような気がしてきた」

「思ってたようなですって？」驚きの声をあげた。「わたしが会社にいることも知らなかったんでしょう？」

「知ってはいたさ」彼は足を長々と伸ばして言った。「ぼくが美人を見すごしにできると思うかい？　受付の大きなデスクの後ろに、いつも清潔な感じできちんとした身なりの、小さな娘がいることはちゃんと気がついてたよ」

「小さな娘じゃありません！」ブルックは口をとがらせた。「いつもそんなふうに言うのね。でも、わたしは百五十六センチはあります。女としては普通だと思うわ」

「わかってないね。ぼくの言いたいことはだ、きみが小娘みたいなのは、まったく外見だけだということだよ。実は、たいへんなじゃじゃ馬なんだね。じゃじゃ小馬と言ったほうがいいかな。きみの紫がかったブルーの目を見ていると、到底信じられないんだけど。……さてと、時間だな。シンデレラみたいに消え失《う》せる？　きみ」

ブルックは、こわばった表情を見せた。「わたしはシンデレラじゃないけれど、あなたを引きとめていてはいけないのね、あなたのお友だちのために。まだ十一時半よ。まさかこんな時間からベッドに入るつもりじゃないんでしょう？　あなたのベッドのこと言ってるんじゃないわよ」

「これは、これは。たてつづけに驚かされるね」ジャロッドは怒るどころか、かえって愉快そうに言った。「きみがそこまで想像力豊かだとは知らなかったよ。チャールズ・ハワードはたぶん家にいないだろうが、彼のいないときをねらって、彼の女房のベッドにもぐりこもうなんて気は毛頭ないね」

ブルックは車のドアをあけながら言い返した。「それじゃあ、あなたのベッドでどうぞ。お二人でごゆっくり」

「そうするよ。ぼくは一人で寝ることはないんだ。猫のルーパートがいつもいっしょに寝たがるんだ。……でもね、小娘くん、当て推量もいいかげんにしないと」

「小娘って言い方、もうやめて!」

「やめたくないね。きみは怒るととても魅力的に見えるもの。小娘と遊ぶ気にもなれないがね」

彼女はドアを大きくあけた。「おやすみなさい、ミスター・ストウン!」

「ブルック!」彼女がドアを閉めるより先に、ジャロッドが呼びとめた。「明日、二時半に迎えに来るよ。ぼくの家族とお茶の時間をいっしょにするんだ」

「ご親切にどうも」彼女は慇懃《いんぎん》無礼に答えた。「もしお食事ということになっても、わたしナイフとフォークの使い分けさえ知らないかもしれませんわ」

彼は車の前を回って、彼女の側のドアの前に立った。彼は彼女の顎《あご》をつかんで真っ正面に向かせて言った。「ブルック、ぼくにどんな態度をとったってかまわないけど、家族の前ではきみの仕返しとかいうのは引っこめてもらいたいな。皮肉な態度を家の者に見せたら承知しないぜ」

ブルックは拳《こぶし》を振り上げた。だがそれはジャロッドの顔をかすめもしなかった。彼は彼女の手首をがっしりとつかんで放さない。

「こんちくしょう！」

「ブルック、そんな言葉は使うんじゃないっ！　一番汚ない言葉だ」

彼女の目から火花が散った。「それなら、なおのこと、あなたにぴったりだわ！」

ジャロッドも負けてはいなかった。「このじゃじゃ小馬！　そんなにぼくが憎いんなら、もっと憎らしくしてやろうか」

彼は乱暴にブルックを抱き寄せ、荒々しく彼女の唇を求めた。逃れようとしてあがいても、彼女を抱き締める腕は鋼鉄のようだ。やがて……彼女は、自身の意志に反して唇が応えているのに気づいた。ジャロッドの荒々しい動作も、優しい愛撫《あいぶ》に変わっていた。

信じられない！　ジャロッド・ストウンとわたしが、いま恋人同士のようにキスし合ってるなんて。

ジャロッドは抱擁を解くと、彼女を押しやって言った。「部屋へ入りなさい。明日また会おう」

ブルックは部屋の中へとぼとぼと入って行った。ジャロッドとのキスの名残を味わいながら……。さっきの怒りの感情は、まったくちがったものに変質していた。憎むなんて！　わたし、ジャロッドを愛している。愛しているんだわ！

翌日、彼と再び顔を合わせるのが恥ずかしくてならなかった。だがジャロッドは何事もなかったかのように振る舞った。クリーム色のズボンに黒のシャツを着た彼は、一段と魅力的だった。シャツをまくり上げたあたりに見える日焼けした腕が印象的である。そんなカジュアルな装いの彼を、彼女は痛いほど意識していた。

「なにを考えてるんだね？」車を走らせながら、彼はたずねた。

「あなたのご家族のことよ」彼女は嘘をついた。「弟さんと妹さん、お仕事しておいでですか？」

彼は彼女の嘘に気がついたかのように、彼女の横顔に目を走らせながら答えた。「妹はまだ学生なんだ。絵画専攻のね……。弟のデイブも学生だよ。医学部へ行ってるんだ」

「妹さんのお名前は？」沈黙してるよりはなにかしゃべっていたほうがいい。

「アンジー」短い返事である。

「絵画におくわしいのね」

「ご当人はそう言ってるがね」彼は笑いながら言った。「これから会うんだから、きみ自身で評価したらいい。アンジーはきっと、きみにスタジオを見せるだろうよ。デイブはそうだな、きっときみの既往症を聞きたがるよ。だけど、言わないほうがいいな」彼はつづけた。「とにかく手に負えない連中なんだ。いまにわかるから」

「怖いみたい」一生を独身で過ごした伯母に育てられた孤児の彼女にとって、他人と交わることは気鬱《きうつ》なことだった。

「怖いって感じの連中じゃないよ。猛烈に元気がいいことはいいがね」

「あっ、あなた、猫はどうなさったの？」

「家政婦がいるから心配ないよ」

ブルックは顔を赤らめた。「そうでしたわね。当然ですよね」

「自分じゃ料理できっこないからさ。ベーコン・エッグぐらいが精々かな、自分で作れるのは。やはり妻が必要だということだね」

「手持ちの女性の中からひとり決めたらいかが？」

「両親の前ではそういう言い方、やめてくれないか。きみがなぜそんな態度をとるのか、みんな不思議がるよ」ジャロッドの声には、怒りの感情がこめられていた。

「あなたには不思議じゃないんでしょう？」

「きみの考えてることぐらい、わかってるよ。だけど、父や母の前では、絶対だよ。承知したね？」

「ええ、まあなんとか。せっかくの週末なのにお家の人たちに嫌われるなんて、いやですからね」

「またお芝居してくれれば、万事スムースにいくからね。家には、われわれは明日の昼まで いると知らせておいたが……」

ブルックは、顔を曇らせた。「お芝居って？」

「昨日、秘書室で、うまく演技したじゃないか。あのとおりにやってくれれば、父も母も弟も妹も、大喜びするにちがいないんだ」

「いやです。わたし、できません。昨日は……」

「ぼくがしたのと同じことを、お返ししただけ？」

「そうよ」ブルックはきっぱりと答えた。

車の行く手に、緑の芝生と美しい花壇に囲まれて立つ赤煉瓦《れんが》の建物が見えてきた。正面のあいているドアから、若い女の子が飛び出し、車の方に向かって走って来た。彼女が叫んでいる。「ジャロッド！　うれしいわ！」

アンジーにちがいないとブルックは思った。とても可愛い感じの女の子である。黒々と艶《つや》のある髪。ジャロッドとまったく同じ灰色の瞳。だがちょっとちがうのは、ジャロッドの瞳にはどこか冷たさが漂っているのに対し、彼女のそれは、温かさがあふれ、いたずらっぽく輝いている点だった。

やせて背が高い。デニムのシャツにチェックのスカートを着け、いかにもオープンな感じだ。それでいて生まれつきなのか、品があり自信が備わっている。アンジーは、ジャロッドからブルックに目を転じて、好奇心をむき出しにじっと見つめた。

決して意地悪な視線ではなかったけれど、ブルックは、きちんとした服装をして来てよかったわと思った。今朝、早起きして新しい外出着を買い、それを着て来たのである。レモン色と黒の花模様で、彼女の細い体にぴったりとフィットしていた。

ブルックはだれにもわからないように、かすかなため息を吐いた。アンジーの表情から歓迎の色を読み取り、いっぺんに安心したからだ。

アンジーは歩み寄り、ブルックに手を差し出した。「こんにちは！　わたしアンジーよ」アンジーはちらっと、いたずらっぽい視線をジャロッドに投げながらつづけた。「兄がこんなに大人しくしてるなんてはじめてよ」アンジーはこんどは、ジャロッドに向き直って言った。「お兄さまも、いまや恋する人なのね」

「ありきたりの恋愛といっしょにしてもらっちゃ困るな、アンジー。息つく暇もなく、しゃべるんだね、相変わらず」

アンジーは笑って言った。「ねえ、うちの兄ったら、あなたに対してもこんなふうに威張ってみせるの？」

ブルックは思わずくすくすと笑った。「そうなの！　でも、わたしそれに慣らされてしまいましたけど」

アンジーは親しみをこめてブルックの腕を取った。そしてほほ笑みながら付け加えた。

「婚約指輪を見せてくださらない？」

アンジーが興奮した面持ちで指輪に見入っている間、ブルックはジャロッドの皮肉っぽい視線を意識しないではいられなかった。彼が二人の荷物を運びはじめたのを尻目《しりめ》に、アンジーはさっさとブルックの手を取って、みんなが待っている家の中へ案内した。

アンジーってとても感じがいいわ。ジャロッドが言ったとおり。でも他の人たちはどんなかしら？　わたしに好意を持ってくれるかしら？　ブルックはなにやら胸さわぎを覚えた。ストウン家の長男の妻として、みんな素晴らしい女性を期待しているにちがいないわ。本当のことなんてだれも知らないんだもの。

「弱気になったのかい？　小娘くん」ジャロッドがもじもじしているブルックの耳許《みみもと》で囁《ささや》いた。そして彼女をぐっと前に押し出した。

彼女は気を取り直して、ジャロッドの横に黙って立った。彼が挨拶《あいさつ》を済ませるとすぐに彼女も挨拶したが、思っていたより楽な気持ちでできるようだった。ジャロッドの母親は、小柄で清潔な感じの女性である。

「今まで、ずっと巨人国に住んでいるような気持ちだったのよ。でも、あなたとだったら、首筋を痛めずにお話しできそうね」母親が言った。実際、この母親を除いて、ジャロッドの家族はみんな大柄なのだった。

全然気取ったところがないわ。わたし考えちがいしてたみたい。ブルックの頬に自然な笑みが浮かんだ。以前からこの家族の一員だったような気がしてきた。でも、これは偽りの婚約だということを忘れてはいけないわ。彼女は自分を強く戒めた。家族といっしょの幸せなんて、そんなたやすく手に入るものじゃないってこと……。

父親は息子と瓜《うり》二つだった。長身でやせている。黒い髪にところどころ白いものが目立っているあたりからすると、六十代に入ろうとしているところだろうか。

「よく、いらっしゃいました。おじょうさん」クリフォード・ストウンはブルックの頬に優しくキスした。「ジャロッド、お前もまんざら馬鹿じゃなかったね」そう言って父親は息子の手を強くにぎりしめた。

「想像してた人とまったくちがうんだなあ！」最後に残ったひとりが言った。「ジャロッドの相手ったらいつも……。本当にちがうよ」

「デイビッド！」父親がきびしくたしなめた。

「どんなふうにちがうんですか？」ブルックが穏やかにたずねた。

「つまりね……。ぼくの想像してた人は、ふんだんに香水の匂《にお》いをまき散らして、華やかな感じで完璧《かんぺき》に洗練されているんだ。とても血の通った人間とは思えないくらいにね」

ブルックはジャロッドにからかうような視線を送って言った。「きっと、ジャロッドの趣味が変わったんですわ」

「いい方向に変わったんだよ」デイブは即座に賛成した。「いい人を見つけたんだな、兄貴。だけど兄貴のほうはこの人にふさわしいのかなあ」

ジャロッドは機嫌のいい笑い顔を見せながら答えた。「信じろよ。ブルックは、ぼくが彼女にまったくふさわしいと思ってるんだから」

「本当よ！」ブルックは語調を強めて言った。二人のやりとりの綱渡りみたいな微妙さは、家族にはわからない。

「二階に部屋をお取りしてあるから、ご案内してジャロッド。あなたの部屋のお隣ですよ」母親が言った。

「うん、そうする。行こうか、ダーリン」

「はい」と返事したものの、ブルックは、彼の示す度をすぎた親密さにどぎまぎしていた。茶色と金色を基調にした、美しくしかも温かな雰囲気の部屋だった。荷物を置き、椅子に掛けたジャロッドの視線を意識しながら、ブルックはかすれた声で言った。「みなさん、いい方ばかりなのね」

「きみには意外だったんだろう」

「ええ、まあ」ブルックは正直に認めた。

「みんなもきみを気に入ったようだよ。思ったとおりだ。だけどひとつ文句を言いたいな」

「え？　文句って？」

「きみ、まだ態度がよくないよ。もっとうまくやってもらいたいな。ダーリンって呼んだら、うさぎみたいに跳ね上がってたじゃないか。それに、とうとうジャロッドと呼ばなかったしね」

「そのわけは前に言いましたわ」

「だけどぼくの名前を呼ばないわけにはいかないんだぜ」

「名前を呼ばなくて済むようにやってみせますわ」ブルックは強情に言い張った。

ジャロッドは立ち上がった。「じゃ、ぼくは部屋でひと休みしてるから。その間に名前の呼び方の練習でもしといたら？　お茶の時間になったら隣の部屋まで来てくれたまえ」

ブルックはジャロッドが去ると、荷物をあけてドレスを取り出し整理した。それから洗顔をしてお化粧をし直した。

ジャロッドの寝室の前に立ったときは、少しためらわれる気持ちだったが、心を決めてドアをノックした。声はしたのだが、部屋に入ると彼の姿は見えない。これは彼が子どもの時分から使っている部屋だとすぐにわかった。壁にはジャロッドが子どものときに描いたらしい絵が掛けられ、天井からは模型飛行機がぶらさがっていた。彼が十二、三歳のころの写真もある。もうそのころから、将来ハンサムな大人に成長する面影が見えている。それが困るのよと、ブルックはつぶやいた。

彼女はぎくっとして振り返った。背後に人の気配がしたからだ。と同時に、彼女は大きく目をみはった。ジャロッドが上半身裸で立っているのだ。タオルで体をごしごしこすっている。シャワーを浴びていたのにちがいない。彼女はうろたえて顔が火照ってくるのを覚えた。

「失礼しました。知らなかったものですから」彼女は彼の体から目をそらしながら言った。

「かまわないよ。ぼくだってエチケット違反じゃないし。水泳パンツだけよりは上品だろう?」

ブルックは不安げに数歩下がって言った。「でも海岸じゃないわ、ここは。それに、わたしたち二人っきりよ」

ジャロッドはタオルをベッドの上に投げ捨てると、ゆっくりした動作でシルクのシャツを身に着けた。「心配ならちょっと呼んでみたら? 父と母が二人して飛んで来るよ」

「済みません。そんなつもりじゃ……」

「カマトトもいい加減にしなさい。裸といったって胸を見せただけじゃないか」

「あなたって人をまだよく知らないものですから。ちょっと心配しすぎたんです」ジャロッドにつめ寄られて、ブルックは胸がしめつけられるような気持ちがした。

「そうかい、そうかい。きみはぼくを知らないんだからね」彼は皮肉っぽく言った。

「そんないや味おっしゃらなくてもいいでしょう?」

「だったら、きみも馬鹿な態度はとるなよ。たとえ、ぼくが素っ裸でいたって、驚くことはないだろう？　二十歳《はたち》にもなる女が、シャツを着ていない男を見ていちいち飛び上がっていたらおかしいよ。今までボーイフレンドがいたんだろう?」

「少しはね」彼女は認めた。「でも、その中には、あなたみたいな人はいなかったわ」

「みんな紳士的だったと言うのかい?」

「ええ、そう」

「それで、ぼくは紳士じゃないと……」

「そうです!」彼女はきびしく言った。「お支度できたら階下《した》へまいりましょうか？　ミスター・ストウン」

ジャロッドは彼女の手首をつかんで引きとめた。「ジャロッドだ！　何度注意したと思う？　そんな簡単なことができないのかい？　とことんまで馬鹿にするつもりかい？　さあ、ジャロッドと言ってみなさい。さあ言うんだ!」彼の声は荒々しかった。

「ジャロッド……」つかまれた手首の痛さに我慢し切れず、ブルックは声をしぼり出して言った。

「もう一度言うんだ。もっと優しく!」

「わかったわ。わかりましたわ。でも、先に手を放してください。乱暴だわ」

「きみが乱暴にさせてるんだ」

「ジャロッド」彼女はふくれっ面をして言った。もう一回、こんどは無理して、大人しく素直な調子で言ってみた。「ジャロッド」自分の舌が、快く動くのに彼女自身驚いた。心地よい響きさえこの名前はもたらしてくれる。

ジャロッドは彼女を見つめてほほ笑んだ。「そう、その調子だ。それならば、みんなもきみとぼくの間柄を信じてくれるだろう」

「ジャロッド」ブルックは、彼の前で目を伏せたまま、もう一度呼んだ。男の寝室でこうして甘い雰囲気の中にいるのが、にわかに恥ずかしく思われてきた。

アンジーが部屋に入って来たのは、ブルックが彼の瞳に深々と見入り、ジャロッドが彼女にやわらかな微笑を投げかけている最中で、いかにも幸せな恋人同士の語らいといった風景が繰り広げられているところだった。

「あら、お邪魔だったかしら」アンジーはいたずらっぽく笑いながら言った。

「もしそうだと言ったら、遠慮してくれるかい？」

「いいえそれはだめよ。わたし、ブルックに用があるんだもの。向こうのお部屋にいなかったから、ここにちがいないと……」言いかけて、アンジーは顔を赤く染めた。「変な想像したんじゃないわ」

ジャロッドは笑った。「いいよ、いいよ。わかってるよ、お前の言いたいことは。ところで、ブルックに用があるって？　見当はつくがね」

アンジーは顔をしかめて言った。「ブルックにわたしのスタジオを見せてあげたいの」

「困った子だな」ジャロッドは妹をおどすように一歩前へ進み出て言った。「お母さんはどう言ってるんだい？」

「お茶の時間の後にしたらって言ってたわ」

「そうれみろ。ぼくはお母さんに賛成だ」

アンジーはこんどはブルックに訴えた。「ねえ、見てくれる？」

「お茶が先だ」ジャロッドが主張した。「二人とも疲れてるんだ。スタジオは後でいいんじゃないか、ねえブルック？」そう言いながら彼は手を差し出した。

彼に手を引かれて階下へ下りながら、ブルックは思いつづけた。家族の間でのジャロッドって、いつもの彼とはまったくちがって見える。俊敏な経営者らしいところは全然見せない。冗談ばかり言っていて、怖いなどというイメージからほど遠いわ。

本当に仲の良い家族だった。ブルックは、いつしか自分も前からその一員であったかのような気がしていた。彼女は、これが家族の味なんだわ、としみじみ感じた。と同時に、申し訳ないという気持ちに包まれた。わたしはこんないい人たちに嘘をついてるんだわ。お茶の間、彼女はずっと自分を責めつづけた。アンジーがスタジオを見てほしいとまた言い出したときには、ほっとした思いだった。「わたしに芸術のセンスがないっていうジャロッドの批評は正しいと思うわ。だけど、わたし絵が好きなの。ぜひ広告デザインの仕事をしたいのよ」案内しながらアンジーは言った。

「ジャロッドは決してそんな……」

「兄の批評はそうなの。兄ったら正直さだけが唯一の取柄なのよ」アンジーは笑って言いながら、スタジオのドアをあけた。

スタジオの壁にはたくさんのスケッチや油絵が掛けてあった。窓の近くのイーゼルには、ほぼ完成しかかっている肖像画が載っている。クリフォード・ストウンの絵であった。

ブルックはアンジーに向かって言った。「これ、素晴らしいじゃない！」

「ありがとう。パパにじっと座っててもらうのはたいへんだったわ。少しもじっとしていないの。ジャロッドのもあるわ。見せましょうか」

ジャロッドを描いたスケッチがいくつかあった。彼の顔の個性的な輪郭が生き生きと再現されている。「こっちのほうがもっと上手だわ」ブルックは言った。

「ジャロッドも五秒とじっとしていられない人なの。でも描きやすい顔なんだわ。ハンサムな悪魔、そういう顔よ。そうじゃない？」

「大賛成！」ブルックは躊躇《ちゅうちょ》せずに答えた。

「兄ったら、あなたのことを今まで隠し通してきたのね。パパとママったら昨日の新聞を読んでびっくりしてたわ。それで兄に電話を掛けたら白状したの。あなたたちいつ出会ったの？」

こういう質問の出ることを計算に入れておくべきだったが、用意がなく不意をつかれたため、ブルックはあっさりとありのままに言った。「仕事を通して知り合ったの」

「それでどのくらいになるの？」

「約半年かしら」

これは考え方によっては本当のことである。

アンジーはびっくりしたようだった。「兄には秘密主義みたいなところがあるのね。それにしても、これっぽっちもあなたのことを気づかせなかったのは見事なくらいだわ。ジャロッドはこんどこそあなたに本当に真剣になっているのね」

そうじゃないわ。本当はあの人、わたしの存在さえも知らなかったくらいなのよ。ブルックはあわてて話題を変えにかかった。

夕食は懸念していたような失敗もなく、楽しく進んだ。彼女の横にはデイブが座り、学校の話をいろいろ聞かせてくれた。医学の勉強はたいへんらしいが、デイブは深い興味を持って勉強しているようである。ジャロッドよりずっと親しめる。年齢が近いし、それにジャロッドのように皮肉な口調や世俗的なところがない。

食事が済み、居間でコーヒーを飲んでいると、ジャロッドが来て彼女の横に座った。

「弟とあんまり仲良くしないでくれよ」彼は目を光らせて言った。にこにこした顔を見せているので、なにを話しているか家族にはわからない。

「いけないの？」ブルックは反発するように言った。

「きみの爪を弟には向けないでほしいんだ。ぼくとは偽の婚約だけど、彼と本物の婚約をしようなんて考えないこと！」

ブルックの目は怒りで青みを増した。「先走りもいいとこよ。わたしたち、今日会ったばかりだというのに」

「われわれだって、昨日会ったばかりじゃないか。それなのにもう婚約してるんだぜ」

「仮のことだわ」ブルックは不機嫌そうに言った。

「そういうことだったね。いずれにせよデイブにはかまうな。あれはあれで、生活設計ができてるんだ。当分の間、結婚なんて考えられないからね」

ブルックは憎悪を瞳にみなぎらせた。「あなたとも、あなたの弟さんとも結婚する気はないわ」

「気がなくたって、結婚しなければならないだろう？　もうかなり広範囲に結婚式の日取り決定の話が伝わっているんだぜ」

「婚約者の振りは当分の間つづけてあげるわ。わたしが種を播《ま》いたんですから。でも結婚はごめんこうむります」彼女はコーヒーを飲み干し、カップをテーブルに置いた。「そろそろ失礼して部屋へ行きます」ブルックはみんなに挨拶して居間を後にしたが、ジャロッドがついて来るのに驚いた。「どこへいらっしゃるの？　わたしが逃げないように？」

ジャロッドは、またか！　という顔を示して言った。「逃げる？　そんなこと考えてもみなかったよ。いとしい婚約者に、甘いおやすみの言葉を掛けようと思ってるんだよ」

彼女は憤然として階段をのぼって行ったが、自分の部屋の前で振り返って言った。「これ以上ついて来ないでください」

「昨夜《ゆうべ》みたいになるのを恐れてるのかい？」

彼女は真っ赤になった。昨晩のことなど忘れてくれればいいのに、ジャロッドはいつまでもこだわってるみたいだ。「恐れてなんかいません！」

彼女は部屋に入ってドアをぴしゃりと閉めて寄りかかり、口をきっと結んだ。わたしは、子どもじゃないわ、そんな簡単に人を恋したりしないわ！　自惚《うぬぼ》れないでジャロッド！

彼女の肩は次第に小刻みに震えはじめた。

ブルックは自分自身で落とし穴におちいったことを知った。彼女にとって、今やジャロッドはすべてであった。あの忌まわしい人妻との情事さえなかったならば……。

4

あのことが、またもブルックを襲ったのだった。逃れようのないあの恐しい悪夢に悩まされて、彼女はベッドの上で輾転《てんてん》と何度か寝返りをうった。寝顔に涙が伝わり落ちる。ブルックは、まざまざとあの日のことを夢の中で再現しているのだった。

あっ、お父さん、お母さん！　二人とも、にこにこと楽しそうに笑っている。日の光の輝く下を、父と母とブルックの三人は、この日海岸へ向かって車を走らせていた。

反対側の車線から突っこんで来る一台の車に運転していた父が気づいたときはもうおそかった。悲鳴のようなブレーキの音が、彼女の夢の世界を満たす。母の叫び声がその間を縫って谺《こだま》する。三人の乗った車は横転し、またさらに一回転する。一瞬、夢の世界は闇《やみ》となった。ブルックははっと目覚めながら大きな叫び声をあげた。

部屋に電気がぱっとともると同時に飛びこんで来たのは、パジャマ姿のジャロッドだった。彼はブルックの蒼白《そうはく》になった顔を、心配そうにのぞきこんだ。涙でぐしょぐしょに濡《ぬ》れている。「どうした！　いったいなにがあった？」

ブルックは、彼の胸にとりすがってすすり泣いた。「ジャロッド！　怖い！　怖いの！」

彼は彼女を抱きしめて言った。「どうしたんだい？」

「夢なの。また恐ろしい夢をみたの」すすり泣きはややおさまっていた。「もう忘れてたのに……」

「どんな夢？」ジャロッドは、彼女の死人のような顔を見つめながらきいた。「話してくれる？」

「いや！　だれにも話したことないの」

「話してみてごらん。……ぼくを呼んでたじゃないか」

ブルックは信じられないといった表情をみせた。「あなたを？」

「そうなんだよ。何度も何度も、ぼくの名前を呼んでたじゃないか。だから入って来たんだ」

彼女はこういうとき、いつも父の名を呼ぶのだった。彼女は不安そうにたずねた。「わたし、お家《うち》の人たちをみんな起こしてしまいました？」

「いや、そんなことはない。声を聞いたのは、隣の部屋にいたぼくだけだろう。それにぼくはまだ寝ついていなかったしね」ジャロッドは立ち上がってつづけた。「きみをぼくの部屋に連れて行くと言ったら変に解釈するかい？」

「いいえ」ブルックはまだ体の震えが止まっていなかった。恐ろしい夢の映像が残っていそうなこの部屋では到底眠れそうにない。

ジャロッドは無言で、彼女を自分の部屋に運んだ。そしてベッドに寝かせて優しくいたわりながらシーツにくるむと自分も横になった。ブルックは頭を彼の胸にもたせかけている。

「さあ、ブルック。夢の話をしてみてごらん」

彼女は身震いしながら話し出した。「交通事故に遭ったの。その事故で、父も母も死んだんです。……それからいつも、事故の夢をみるようになったの」

「そのときはきみはいくつだったの？」

「五歳」

「そのときから、きみは伯母さんに育てられたんだね」

「ええ。わたし事故の後、病院にいたの。病院の人たちは、わたしに事故で両親が死んだことを教えるのは、退院して伯母の家にしばらく落ち着いてからのほうがいいって気を配ってくれたらしいわ。だけど伯母は全然気をつかってくれなかった。伯母ったら、退院した日の夜中にわたしを起こして父も母も死んだって言ったわ」

ジャロッドは顔を曇らせた。「伯母さんはわざわざ夜中に起こしたんだね」

「ええ」ブルックは体を彼にすり寄せて言った。「そのときからときどき怖い夢をみるようになったの……」

彼はブルックを強く抱いた。「伯母さんっていう人は、子どもの面倒をみる資格のない人だね」

「伯母は伯母なりのやり方で優しかったのだと思うんだけど……。あんな形でしか自分の悲しみを表現できなかったのじゃないかしら」

ジャロッドは手を伸ばし電気を消して言った。「眠りなさい、ブルック。もうだいじょうぶだから。ぼくがいっしょにいるからね」

「でも、ここで眠るなんて……」

「自分の部屋では眠れないだろう。まだ完全には落ち着いていないじゃないか。さあ眠りなさい。ぼくは、きみが寝つくまで起きていることにしよう」

ブルックは、彼の唇がこめかみに当てられるのを感じた。恐怖が遠のいていくようだった。ジャロッドのベッドで、彼の腕の中で眠るなんて気の遠くなるようなことだったが、それはさっきの恐怖とはまるでちがった種類のものだった。

ジャロッドは、強く命令するように言った。「眠るんだ、ブルック。想像力で気持ちを乱すのはやめにして。ひと晩に、びっくりするようなことは一度だけでいいんじゃないかな。だからぼくは約束するよ。きみをぎょっとさせるようなことをなにもしないって。話のつづきは明日の朝だ」

こんなふうにジャロッドに抱かれていては、眠れそうにない。でも彼の胸の鼓動を聞いてるだけで安心できるようだ……。何分間もしないうちに、ブルックは深い眠りに落ちていった。

翌朝目覚めたとき、自分がどこにいるのか彼女ははじめのうちわからなかった。だがすぐにはっと気づいた。彼女の胸に頭をもたれさせてぐっすり眠りこんでいるのはまぎれもないジャロッド・ストウンである。彼は体をぴったりと彼女に寄り添わせ、彼女の腰に腕を巻きつけている。

ジャロッドの寝顔って優しい感じだ。それにとっても若く、よけいハンサムに見える。この人とわたし、いっしょに眠ったんだわ！　しかも何事も起こらずに！　ジャロッドの友人で、そんなことを信じる人いるかしら？　第一わたし自身が信じられないくらいなんだもの。いやだわ、わたしったら。がっかりしたような気持ちになるなんて。

ノックもしないでだれかが突然部屋に入って来た。ブルックは、それがアンジーとわかってぎょっとした。アンジーは歩きながら腕時計の位置を直すのに気をとられてブルックにまだ気づいていない。

「ジャロッド！　朝よ。もう……」兄の腕の中にいるブルックを認めたアンジーの声はとぎれた。そして顔を火のように赤く染めた。「……あらあら、わたしったら。ごめんなさい」

「あやまることないのよ、ちっとも」ブルックはジャロッドを揺り起こしながらアンジーに言った。「わたし……。いいえ、わたしたちは……」

「兄貴、どうした？　おそいじゃ……」デイブだった。彼もまたドアから入って来るなり釘《くぎ》づけになってしまった。彼はアンジーの手を引っ張って大急ぎで出て行こうとした。

「失礼しましたブルック。知らなかったものだから」ドアを閉めながら彼はとってつけたような笑いをみせた。

「起きて！　起きてよ、ジャロッド！」ブルックは動転のあまり乱暴にジャロッドを揺さぶった。

「うーむ……。いま何時？」眠そうな目で彼女を見ながら彼はきいた。

「時間なんてどうでもいいの！　いま人が入って来たのよ、この部屋に」

「ああそう」彼はこともなげに返事した。「アンジー？　それともデイブだった？」

「二人ともよ。どうしてすぐわかるの？」

ジャロッドは伸びをしながら言った。「このベッドでは、二人じゃちょっと窮屈だったね」

「そんなことききいてるんじゃないの！　どうしてアンジーかデイブって知ってるの？　って言ったの」

「ぼくが帰って来たときには、いつも七時十五分から乗馬をすることになってるんだ。ぼくが寝すごしてると思って二人とも起こしに来たんだよ」

「わたしたち見られたのよ！　平気なの？　二人とも誤解したわ、きっと」彼女は怒ったように言った。

ジャロッドはけげんな顔をみせた。「それがどうかした？　アンジーはいまごろ母に話してるんじゃないかな」

「いやだわ！」彼女はさっと青ざめた。「わたし困るわ。もう二度とわたし、お父さまやお母さまの顔を見られないわ」

彼は衣裳だんすからシャツを出しながら言った。「どうして？　みんな、二人いっしょに寝たんだなと思うだけだよ。このごろじゃ婚約者同士よくあることじゃないのかな」

「わたしはそんなんじゃないわ。とくにあなたとなんか！　婚約して、寝て、それから結婚は見送りだなんて、そんな人たちとわたしはちがうわ」

「きみとの結婚を見送るなんてできそうにないな。父と母が承知しないよ。とくに今朝の出来事の後はね。両親を喜ばせるためにもぼくたち結婚しなければならないんじゃないかな」

ブルックはわからないといった表情で彼を見て言った。「よく落ち着いていられるわね」

ジャロッドはパジャマを脱ぎながら答えた。「あわてなくちゃいけないのかい？」

ブルックはベッドの上で座り直した。「いいえ、そうじゃなくて。……思ってるんでしょう？　愛してもいないのに結婚しなければならないなんて」

「だけど、あり得ると思わない？」

アンジーとデイブのびっくりした顔。それにジャロッドの両親の優しさ。あれやこれやを思い合わせると、これはどうしても結婚というレールが敷かれてしまうかもしれない。ふだんのジャロッドとちがって、ここでは両親を尊敬し愛情を示す普通の従順な息子なのだった……。それにわたし、このお家の人たちのだれからも悪く思われたくない、あの人たちをいやな気持ちにさせたくない。

「ええ」ブルックは彼の言葉を認めた。

「ぼくだって、きみ以上に困ってるんだがねえ」

「だったら大きな声を出せばいいのに！　実は事情があったんだって」

ジャロッドは浴室の方へ行きかけた。裸の肩にタオルを引っかけ、シルク地のパジャマのズボンをはいているだけだ。たくましい体の線が見事だ。「きみと本当に結婚することになるのも悪くないと思ってね。きみを抱いていて昨夜《ゆうべ》は本当に楽しかったよ。金曜日にキスしたときも、お互いに嫌いじゃないなって感じたんだ」

「結婚？　普通の意味の結婚？」

「もちろん普通の本当の結婚だよ。いまどき便宜上の形だけの結婚なんてあるものか。仮にあったとしても夫婦生活はちゃんとしていると思うよ。ぼくだって、ただきみを見るためだけに結婚するつもりはないね」皮肉な調子だった。

「他の意味ででも好都合なんでしょう？」彼女はやんわりと言った。

「好都合だって？」灰色の目がきらっとした。

「そうよ。新婚の男が人妻となにかあるなんて、だれも疑わないでしょうからね」

「だれのことを言ってるんだね？」

「よくわかってるくせに！」ブルックは吐き捨てるように言った。

「なるほど。サリーナのことを言いたいんだな」

「もちろん」

「……まあいいだろう。当たっているかもしれないな」ジャロッドは考え考え言った。

「わたしがあなたの奥さんだったとしたら我慢できないことだわ。あんな人と変な関係を持つなんてとても許せないわ。嫌いよ、あの人」

「……読めてきたよ。もしきみがサリーナを好きだったらちがった考えだったろうね」

「馬鹿にしないで！　とにかくわたしはあなたと本当に結婚するつもりはありませんから。わたし、小説の読みすぎかもしれませんけど、やはりロマンチックな愛のほうがいいですから」

「ええ？　そうなの？」彼は驚いたようだった。「普通小説の主人公同士は、結ばれて固く抱き合う結果になるんじゃないかな？」

「そうよ。でもそれはわたしたちのことじゃないわ。あなただってわたしを愛してなんかいないからこそ昨晩なにもしなかったんでしょう？　わたしはっきりわかったのよ。そういうことはお互いに愛し合っている人の間だけで起こるべきことだって」

「そしてきみとしては、ぼくを愛せない、だからそういうことは起こらない……そういうわけ？」

「そうよ！　絶対！」ブルックはジャロッドと目が合うのを避けようとした。嘘《うそ》を言っていることを気づかれまいとしたのだ。だけどこの人とても敏感なんだもの、わたしの気持ちを察してしまう可能性もある！

「それは残念だね。ぼくが結婚するとしたら新妻をガラスの箱に飾っておくためじゃないからね。女性というものは、だいたい愛ともうひとつの……」

「あなたにはそのことが大切なのね」彼女は軽蔑《けいべつ》をこめて言った。

「そうとも」

「本当にいやな人ね、ミスター・ストウン」

「おいおい、ジャロッドと呼べって言ってあるだろう？」彼は怖い顔をしてみせた。

「わたしの批評が当たったものだから、そんな……」ブルックは辛辣《しんらつ》に言った。

ジャロッドは軽く笑っていなした。「じゃあ朝食の席でまた会うことにしよう。これから乗馬に行って来るよ。きみはもう少し眠ったらどう？　少しはご機嫌も直るかもしれないよ」

出て行った後も、彼の笑い声が部屋の中に残っているようだった。彼女は枕を壁に向か
って投げつけた。馬鹿、馬鹿！　ジャロッドの馬鹿！
ブルックは自分の部屋に戻ったものの到底眠れるものではなかった。アンジーが入って
来たときのことを思い出すと顔が熱くなる。アンジーがあの情景をどう解釈したかは考え
てみるまでもない。家中にこのことが知れ渡ったら、わたしどうしよう。
お腹《なか》が空《す》いていなくても朝食の席には顔を出さなければならないんだわ。一日中この部
屋に隠れていたいけれど、ジャロッドが到底許すはずもなかった。
あの人だって少しはあわててくれればいいのに！　妹に見られてもまったく平気みたい
だったわ。その上、こともあろうに本当に結婚したらいいじゃないかなんて、よくそんな
神経を持てるものだわ。
こんどのこともはじめはブルックの行動で引き起こされたのだったが、ジャロッドはこ
とごとにいささか行きすぎたようである。ブルックは金輪際こんな男と結婚するものかと
心に決めた。
八時半になったのでブルックは食堂に下りて行った。母親がひとりいるだけだ。みんな
は朝の乗馬に出かけたまま、まだ帰って来ないのだろう。サラが注《つ》いでくれたコーヒーを
飲みながら彼女は視線が合わないよう懸命につとめた。
「あなたたちお式の日取りはお決めになった？」サラの声は優しかった。

ブルックは顔が熱くなった。気にしていたことを直撃された思いだった。「いいえ、とくに。ミセス・ストウン……わたし……」

「サラと呼んでくださいな」母親は言った。「もう少しお近づきになれたらぜひお母さんと呼んでくださいね。子どもたちと同じように」

サラのひと言ひと言にブルックは胸をえぐられる気持ちがした。ああ、わたしはこの人をだましているんだわ。最後の言葉を聞いたとき彼女の胸に熱いものがこみあげた。今まで長い間お母さんと呼べる人などひとりもいない彼女だったのだ。サラ・ストウン。お母さん！　こういう人が本当に母だったらどんなにかうれしいことだろう。

「ありがとうございます」ブルックはかすれた声で言った。「でも……わかっていただきたいのですが……アンジーがお部屋にいらしたとき……わたしたち……そんな……そんなんじゃないんです」

サラは優しくほほ笑んで、元気づけるようにブルックの肩に手をやった。「よくわかってますわ。ジャロッドがさっき話してくれましたもの。ジャロッドをほめてあげたいくらいですわよ。恐ろしい夢をみたあなたをひとりぼっちにしておいたら、そのほうがおかしいくらい。あの人の判断は正しかったのよ」

「ジャロッドがお母さまに？」

「あの子は隠し立てなどしない人なのよ。もし昨夜あなたたちの間でなにかあったとしたら、はっきりそう言うはずよ」

「わたし……」

「心配しないでブルック。家は秘密など互いに持たない家族なの……。でもこんどの婚約には正直言ってちょっとびっくりさせられましたけど」

「……本当に急な話だったんです」ブルックは言い訳をした。

「ジャロッドもそう言ってましたわ。新聞に書かれなければ、あなたのお誕生日の火曜日に婚約発表の予定だったんですって？　新聞記者もまったく人さわがせですわね」サラは非難めいた口調で言った。

わたしの誕生日のことをジャロッドがどうして知ってるんだろう？　あっ人事ファイル！　あの人ったらあの資料を徹底的に役立ててるんだわ。覚えるのも早いし、チャンスを見逃さずになんでも活用するあたり、本当に有能なビジネスマンらしいわ。そうよ。なんでも利用してしまうのね。わたしとの偽りの婚約で秘密の情事をうまくカモフラージュしてしまうなんて見事だわ。

「ええ」ブルックは短く答えてトーストを口に運んだ。

「主人とも話してるんですけど、結婚式はこの家からスタートすることにしたらどうかしら？　ぜひそうさせてくださいな」

ブルックはまた顔を染めた。「いえ、あの……。わたしたち……本当に……」

「おはよう、お母さん」そのときジャロッドが入って来た。彼はかがんで母にキスするとこんどはブルックにもキスして言った。「やあ、おはよう。さっき言ったばかりだけど……」

「おはようございます」彼女は口ごもった。

ジャロッドの母は、二人の間に流れた微妙な空気に気づかないようだ。「今ブルックに話していたところなの。お父さんもわたしも、結婚式はこの家から出発したらどうかって考えてることを」

ジャロッドはけげんな顔でブルックを見て言った。「なに？　結婚式の打ち合わせをしてたの？」

「いいえ、わたしは……」

「ちがうわ。わたしが一方的に話してただけなのよ。わが家でもとうとう結婚式をすることになったんだもの、話さずにはいられないのよ。あなたたちははっきりしたお日取り決めたの？」

「まだそこまでは。来月という案もあるんですけどねえ」彼はコーヒーを飲みながら言った。

「来月！」ジャロッドの母は驚いたようだった。「もうすぐじゃないの！　そんなに早くお支度できるかどうか心配だわ。ブルックだってお買い物に忙しいでしょうし。それに今のお部屋には住めないでしょう？　落ち着くところも探さなくては」

「お母さん、まあ落ち着いて」ジャロッドは笑って言った。「来月という意見もあると言っただけですよ。決まったわけじゃないんですよ」

ブルックは口を固く結んだ。わたしに当てこすってるんだわ。来月というのはわたしがサリーナに言っただけなのに。それをジャロッドはいつまでも忘れないのね。

サラは安心して吐息をついた。「やれやれ。驚かさないで。それじゃあいったいお式はいつにするつもり？」

ジャロッドは椅子に深く掛けながら答えた。「ぼくたち、婚約したばかりじゃないですか。ブルックだって心の準備がいりますよ。とくにぼくといろいろ調整することがありましてね」

「……そうそう、コックと今晩のお食事の打ち合わせをしなくては」サラはそう言って立ち上がり、ブルックに言った。「ごめんなさいね。いろいろ急《せ》かせるみたいなことを言ってしまって。ジャロッドの言うとおりよ。時間がいるわね」

サラが部屋から出て行くとブルックはジャロッドに向き直った。「行きすぎだわ。お母さまを困らせるなんて」

彼は静かに反応した。「それじゃ、どうしたらよかったんだい？　母の言うとおりにすればよかったのかい？　きみはぼくと結婚したくないと言ってたように思ったがねえ」

「もちろんよ。どんなことがあったって、あなたとは結婚しないわ！」

「これはこれは、またどうした」ちょうどそのとき入って来たのはデイブだった。「婚約発表してまだ二日しか経ってないというのに。ブルック、兄貴をもっと長い目でみてやってくださいよ」

彼女は青ざめた。この二日間の緊張によるストレスがこのときいっぺんに彼女を襲った。

「失礼します」そう言い残して彼女は部屋を飛び出して行った。

どこでもよかった。ただジャロッドから遠く離れられさえすればよかった。ブルックは家の外に駆け出した。家の右手にある森に向かって走って行く彼女に気づいたアンジーは、手を上げて挨拶《あいさつ》しながらわけがわからず狐《きつね》につままれたような顔をした。

疲れ切って腰を下ろしたのは、森の中の下生えの一隅である。デイブに聞かれてしまった！　彼はどう思っただろうか。わたし馬鹿なこと言ってしまった！　でもジャロッドがあんまり冷たいんだもの。

森の入口の方から足音が聞こえてきた。ブルックは音の方向を見もしなかった。ジャロッドにちがいない。家の人に探しに行くように言われてやって来たのにちがいない。クリーム色のズボンに包まれた彼のたくましい脚が目の前に立っても、彼女はあえて顔を背けたままだった。

ジャロッドは彼女の横に座ると言った。「どうかしてるよ、きみ」

ブルックはまるですがろうとするように草をにぎりしめた。まだ涙が頬を伝っている。

「もうわたし、どうしたらいいかわからないわ！　デイブに本当のこと話したの？」

ジャロッドも草地に腰を下ろした。彼はいたわるようにブルックの背に手を掛け、頭上の木々の梢《こずえ》の遥《はる》か上方にある青い空を見やった。「今朝のことできみがすっかり動転してしまって結婚したくないと言い出したんだと、デイブには話しといたよ」

「デイブは信じたみたい？」

「もちろんだとも。デイブはきみの今朝の様子を知ってるじゃないか……。だけど今日はぼくも言いすぎたようだね、きみを困らせてしまって済まない」

ブルックは目を丸くした。「あなた、わたしにあやまってくださったの？」

「そうだよ、ブルック」ジャロッドは一瞬彼女の瞳に見入ってから唇を求めてきた。「ブルック……」彼はあえぎながら彼女を草の上に横たえ、自分もぴったりと寄り添った。思いもかけない彼の行動に、ブルックはただ従順に反応するだけだった。ジャロッドの腕の中で彼女は震えていた。

ジャロッドの唇は、ブルックの喉《のど》から胸へと這《は》っていった。グリーンのブラウスに包まれていた胸が露《あらわ》になった。彼の唇が触れる部分部分でブルックは敏感に感覚が呼び覚まされた。

彼女の両手は彼の頭を抱え、指が髪を愛撫《あいぶ》していた。小鳥のさえずり、木々の葉のそよぎ……。他にはなにひとつ物音もなく、二人は隔絶された世界にいた。時間というものもなくなったまったく二人だけの世界である。

ブルックは彼の顎《あご》にキスしながら、そのざらざらした感触とアフターシェーブローションのほのかな香りを味わっていた。彼の愛撫の手は彼女の腰のあたりに伸びる。ブルックは炎のような衝動を覚えた。それはかつて、覚えたことのない性質のものだった。

ジャロッドは体を起こすと、深い灰色の目でブルックの目をのぞきこんだ。「きみが欲しい……ぼくの気持ちはわかってるだろう?」かすれた声だった。だがその声には、熱い思いがこめられていた。

「ええ……」ブルックは、彼の目の色に吸いこまれるような気持ちで答えた。

「いいんだね?」

「……あなたは?」

「……ただ場所がね。こんなところでは……」

ブルックはうっとりとした声で言った。「わたしはちっともかまわない!」

「だれか来たら困るよ」ジャロッドは言った。

「だれも来やしないわ」彼女はジャロッドの首に腕を巻きつけ、引き寄せながらつぶやいた。

ジャロッドは再び荒々しくブルックの唇をむさぼった。互いの鼓動がひとつの心臓から出ているかのように……。二人の体は互いに求め合ってもつれた。二人とも、いま自分が欲しいものがなにかをはっきりと意識していた。それを遮《さえぎ》るものはまったくないのだ。

ブルックはジャロッドのセーターの下に手を差し入れ、肌にじかに触れた。

ジャロッドの手もブラウスをはねのけて肌に直接触れる。ブルックは一瞬身震いし、彼の顔を熱いまなざしで見つめた。

「どうした?」と彼は優しくたずねた。「気持ちが変わったのかい?」

彼女は無言で首を横に振る。わたしはこの人を愛しているんだわ。昨夜、悪夢にうなされたとき彼女は無意識の内にジャロッドの名を呼んだのだ。そのことを含めて、ジャロッドはいまやブルックにとってすべてになりつつあった。

ジャロッドは再び彼女を横たえて、気が遠くなるほど情熱的なキスの雨を浴びせた。同じように情熱的に反応するブルック。

そのときブルックが急に「しーっ!」と言って制止した。「だれかこっちに来るみたい……」彼女は耳ざとくも森の枝を踏みしめて歩いて来る足音を聞きつけたのだった。

「こんなときに」ジャロッドは呪《のろ》いの声をあげた。「アンジーかデイブにちがいない。あいつらだけだよ。こんなときにのこのこ姿を現すのは」彼の推測は当たった。木のかげから顔を見せたのはデイブであった。ジャロッドは舌打ちしながら起き上がり、ズボンに付いた木の葉を払い落とすと、ブルックの手を引いて立ち上がらせた。「うちの家族はみんな気が利かないんだから……。ブルック、きみもいまにわかるよ」

ジャロッドのしかめっ面に、デイブがなにかを感じないわけがない。「悪いときに来ちゃったのかなあ、また」デイブは無邪気に言った。

「まったく悪いタイミングだよ」ジャロッドは全身で不機嫌さを表しながら言い、さっさと家に向かって歩き出した。

デイブは困った様子で、ブルックに対して肩をすくめてみせた。「済みませんでした」

「いいえ、そんなこと」彼女はスラックスに付いた草を払い落とす振りをして、ばつの悪さをごまかし、ジャロッドの後を追おうとした。が、デイブが彼女の腕をつかんで引きとめた。

「本当に済みません。邪魔しようなんてつもりじゃあ……」ブルック以上に困惑しているように、デイブは見えた。

「邪魔したわけじゃないわ」ブルックは当惑しながら答えたが、ジャロッドに置き去りにされたことで心が深く傷ついていた。

デイブは、ジャロッドの小さくなっていく姿を目で追うブルックを見守りながら言った。

「兄貴はぼくをなぐるんじゃないかと思ったくらいですよ。いままで怒ったのを見たことはあるけど、今日みたいなのははじめてです」

ブルックはやっと平静さを取り戻した。「わたしが悪いの。彼と馬鹿げた言い合いをしてたんですもの」

「ぼくが来たとき、ちょうど言い合いのピークだったんですね」

「そうでもないわ。たまたまタイミングが悪いところへ、あなたの言ったことがなおさら悪かったのよ」ブルックはここで小さな笑い声をあげた。「わたしも、どうかしてたのね」

「婚約者同士ってむずかしいんだなあ」

「たった二日間でそんな感じを受けました？」

「そうですねえ。兄貴はもともと鼻っ柱の強い人間なんですよ。その兄貴が今朝、母にあなたのことで一生懸命に弁解してる様子をみたら、あなたと兄貴がいっしょに夜を過ごしたんじゃないってこと、ぼくは確信しました」

ブルックはデイブの率直な言い方に驚かされた。だけどそれがかえって兄貴を……」

「ぼく、正直すぎましたか？」

「そうね。はっきり言いすぎるくらい……」

「でも当たってるでしょう？」デイブは笑顔で言った。「ジャロッドはあなたに首ったけみたいですよ」

「そんなことないわ」

「本当ですよ」デイブは歩き出したブルックにならんで歩を進めながら言った。「あなたは、結婚の対象として理想の人ですよ。兄貴はもう若くはないし、それに待つことを知らない人だから……」

ブルックは思わず吹き出した。「そんなこと言って！　ジャロッドが聞いたら怒るわ」

デイブもくすくす笑った。「母はねえ、結婚式のことで夢中なんです。ジャロッドの結婚なんてもうあきらめてましたからね。ぼくたちもですよ。兄貴は今まで同じガールフレンドと何週間か以上はつき合ったことがないし、ひとりも家に連れて来なかったんですよ」

「家族に紹介できるタイプの人たちじゃなかったんじゃない？」

「たぶんね。あなただからやっと家の者に紹介する気になったんですね……。すぐ家の中へ入りますか？　心配しないでください。絶対に、とんでもないことなど口に出しませんから」

ブルックは、デイブの少年のような顔を見てほほ笑んだ。「わたし、しばらく散歩してるわ。お昼をいただけるように少しお腹を空かさないと」

「オーケー」デイブは気さくな声をあげると立ち去った。

一時間あまりブルックはよく手入れされた庭園を歩き回った。これだけの庭やこれだけの家を維持するにはいったいどのくらい庭師や人手がいるのかしら？　そんなことを思うにつけ、彼女は自分とジャロッドの境遇のちがいを考えさせられるのだった。ジャロッドはこの家で家族の愛に包まれて不自由なく大きくなったのだ。それに引きくらべわたしは、

—ペニーでも出し惜しんだ伯母に厄介者扱いされながら育ったんだわ。わたしたちの婚約なんて、もともと本物じゃないんだわ。この週末だけはなんとか辻褄《つじつま》を合わせられるだろうけど、それももうすぐにおしまい！

昼食は楽しい家族的雰囲気の中で進んだ。食事が終わってジャロッドがもう帰らねばならないと言い出したとき、ブルックはすぐさま賛成した。家族はみんな強く反対したが、ジャロッドが強く言い張って、二人はやがて家を後にした。

「きみ、爆発寸前だったんだろう？」車を運転しながらジャロッドが言った。

ブルックはため息をついた。「そんなふうに見えました？　はっきり？」

「いや、ぼくだけだよ、気がついたのは」

「わたしの気分なんか心配してくださらなくてもよかったのよ」彼女は硬い表情で言った。

「神経がぴりぴり張りつめてたみたいだったよ。きみがなにか言い出して、また面倒なことになったらたいへんだと思ってね」

「ああ、そう。それは済みませんでした」彼女は怒ったように言った。彼の言うとおりだったから腹立たしかったのである。また内心まで見透かされてしまった自分自身にも腹が立った。ブルックは午前中の出来事が忘れられなかったのだ。というよりも、忘れたくなかったのだ。

ジャロッドと再び顔を合わせたとき、彼の態度はとても冷たく感じられた。家族の前だったせいもあろうが、彼はことさらにブルックに対して慇懃《いんぎん》に振る舞ってみせた。それが彼女を傷つけ、気持ちをかたくなにしてしまったのだ。もし食事が終わる早々に立ち去らなかったとしたら、ブルックはきっと気持ちを抑制し切れずに爆発してしまっていたことだろう。

「ぼくにあやまらなくてもいいよ。ぼくのせいだということはよくわかっているんだ……。だけどあのとき、きみは抵抗しなかったんだよ。それどころかきみのほうから進んで……」

ブルックは突然の彼の強い調子にびっくりしたが、すぐにかっと興奮して言った。「キスに応えたのがなぜいけないんですか！　わたしのこと小娘と思っていらっしゃるかもしれませんが、そんなに未経験な女じゃないわ、わたしだって」

「そのようだね。さっきよくわかったよ」

「どういう意味？」ブルックは眉をひそめて言った。

ジャロッドはからからと笑った。「ちゃんと知ってたじゃないかね。男を楽しませるすべを……」

ブルックは息をはずませた。怒りがめらめらと燃えてきた。なんてひどいことを言うの！　それはわたしも積極的に反応したわ。でもそれは相手がジャロッドだったからだわ。彼に触れられるのもうれしかったし、自分から触れるのも楽しかった。だけどそれもジャロッドだったからだわ！　まるでわたしが変な女性たちと同じような言い方だわ。ひどい、ひどいわ。

「そう思われたわけね」彼女は冷ややかに言った。「じゃあお返ししときましょう。あなた、ずいぶん大勢の女性との経験がおありのようですけど、わたしはそんなに簡単ではないわ」

「そのとおり」と言ったものの、ジャロッドは彼女の言葉で明らかに機嫌を悪くしたようだった。

「我慢がおできにならないんでしたら、余計なおしゃべりはおやめになったらいかが？」

「なんの、なんの。だけど言っとくけど、ぼくはもうきみからなにもいただこうとは思わないよ。きみの体だって、それにきみの皮肉もね」

「最初のほうは、あなたには到底無理ね。後のほうはあなたが挑発なさらなければいいのよ」

「そう？　よく覚えておこう。きみもその言葉を忘れないことだ」

彼女のフラットの前に着くまで、車中は暗い沈黙が支配していた。車を降りながら彼女は言ってみた。「お入りになってコーヒーでもいかが？」エチケットとして言ったのではなかった。そのとき、ジャロッドにもっといっしょにいてもらいたいという気持ちでいっぱいだったからだ。

「いや結構」彼は素っ気なく答えると、彼女の荷物を車から取り出した。

「まだ早いんじゃないですか」

「いや、さよなら。おやすみ、ブルック」ジャロッドはきっぱりと言った。「明日また電話するよ」彼の灰色の目は冷たくブルックの目を射た。「今夜は人と夕食の約束があるんでね」

ブルックは目を鋭く細めて言った。「サリーナ・ハワード夫人と?」

「他にだれがいる?」ジャロッドは残酷な笑みを頬に浮かべていた。

5

「今日は静かにしてるのね」ジーンが言った。

「え?」ブルックは彼女に顔を向けた。

「とても静かだって言ってるの。あなた今日一日中そうだったわよ。昨日もよ。なにか悪いことでも起きたの?」

なにか悪いことでも! そう、日曜日の夕方以来、ジャロッドからなんの音沙汰《さた》もないのだ。あのとき彼は、明日電話しようと言っていた。それなのに連絡もよこさず昨日は仕事でパリまで飛んでるし、今日も社長室にいながらなんとも言ってこないのだ。

「だいじょうぶなの、ブルック?」ジーンが言った。

「ごめんなさい。だいじょうぶよ、なにも悪いことなんかないわ」

「本当?」

「ええ」

「週末のストウン家訪問がどんな具合だったかわたしにはわからないけど、心配してたのよ」

「みんないい人たちだったわ」ブルックは力なく答えた。どうしてジャロッドは連絡してくれないのだろう。今日は彼女の誕生日なのだ。せめて誕生祝いのカードぐらい送ってくれてもいいのに！

「なんだか気のない言い方ね」

「本当にいい人たちよ。とても歓迎してくれたの。あなたが見抜いてるように、わたしはちょっと気がふさいでいたけど」

ジーンはため息をつき、交換台に向かい、仕事にかかった。ブルックはひとりに帰って物思いにふけった。今朝八時四十五分に彼女が出社したときジャロッドはすでに来ていたようだった。そのあと昼食に出かける様子もない。

二時半だ。彼女はついにあきらめた。ジャロッドは昼食に行かないのだろう。彼女自身も昼食をとる元気をなくした。ジャロッドはわざとわたしに会うのを避けているみたいだわ。そうでないとしたら、もうわたしなんかあの人の眼中にないのかもしれない。

五時半。ブルックはひとりで家路についた。冷蔵庫をあけてチキンサラダの材料が目に入っても調理しようという気が全然起こらない。誕生日の夜をひとりぼっちで過ごすのはみじめな気持ちだった。彼女は三十分以上もかけて床を拭いたり、物を出したり入れたりして、所在なさをまぎらわせた。それから洗髪もしてみた。たっぷりと一時間以上もかけて……。まだ七時半だわ。これからわたしなにをしたらいいの！

ドアのベルが鳴ったとき、ブルックはそれがだれだろうかと考える心の余裕もなく、ただ孤独から救われたというだけの喜びで、ドアのところまで飛んで行った。ノブに手が掛かったとき、もう一度ベルが鳴らされた。

大急ぎでドアをあけた。ブルックは、ぽかんと口をあけたままジャロッドを見つめた。そう、それはまぎれもなくジャロッド・ストウンだった。

「ジャロッド……」彼女は小さな声で呼びかけ、眩《まぶ》しそうに彼を見た。

ワインカラーのビロードの上着と黒のズボンがよくフィットし、シルク地のシャツの白さが目にしみた。

ブルックは、後はなにも言えずに無言で彼を見つめるだけだった。この予期せぬ出来事に完全に気持ちが動転してしまったのだった。

「ひと晩中ぼくを玄関に立たせておくつもり？　それとも、勝手に入ってもよろしゅうございますか？」

「ごめんなさい。どうぞお入りください」ブルックは顔を赤らめてジャロッドを中へ導き入れた。

わたし、こんなふだん着で困ったわ。ジャロッドがあんなに盛装してるというのに！

ジャロッドは腰を下ろすなり大きな白い箱をかたわらに置いた。

ブルックは両手を前に組んで、もじもじした素ぶりで言った。「なにしにおいでになったんですか？」ぶしつけなきき方かとも思ったが、好奇心のほうが先に立っていた。

「ぼくはきみの婚約者じゃないか！」

「そうですか？　この二日間はそんな間柄ではないように思えましたけど」

「きみ、なにか怒ってるのかい？」

「怒ってるかですって？」彼女はきびしい語調だった。「わたし怒ることなんかありませんわ。第一わたし、あなたに怒る権利なんかありませんもの」

「まあいいから言ってごらん」ジャロッドは優しく言った。あまりにも優しすぎるという感じだった。

「あなた、わたしに電話するって言ったじゃありませんか！」

「だからこうして来ているじゃないか。電話する代わりに」

「二日もおくれて？」

「昨日は国外に出張してたんだよ」

「そんなことは知ってます！」

「常識で考えてくれよ、ブルック。仕事だよ。個人的な電話をしたりする暇はないじゃないか」

「わたしに電話する暇なんか、と言い直してください！　きっと他の方には違うんでしょう？」サリーナ・ハワードの名前なんか口に出したくないわ。言わなくったって彼にはわかるはずだもの。

ジャロッドもそろそろ我慢し切れなくなったようである。「きみ、どうかしてるぜ！ぼくが電話掛けなかったからといって、そんな態度をとっていいということにはならないぜ」

「わたし、とてもみじめだったわ。わたし、みんなにきかれたのよ、こんどはいつストウン社長と会うのかって。わたし、返事ができなかったのよ」

「他の連中には関係ないことだよ、きみとぼくのことは。放っておいてもらいたいな」

ブルックはかすれた笑い声をあげた。「それならあなたもゴシップの種にならないよう気をつけて！」

ジャロッドの目に怒りが宿った。「おやおや、きみじゃなかったのかい？ゴシップの種を蒔《ま》いたのは。少なくともぼくじゃなかったがね」

「ハワード夫人……あなたのお友だちっていう人とのゴシップはわたしが流したんじゃないわ」むきになって言いつづけながらもブルックは、だれも誕生日を気にかけてくれなかったことへの失望を心に蘇《よみがえ》らせるのだった。でもそれはジャロッドを責めてもしかたのないことだわ。わたしのお誕生日を覚えている義務なんてこの人にはないんだもの。

「きみと言い争ってもしようがない。だけどくだらない噂《うわさ》には耳を貸さないでいてもらいたいな」

「そういうことを言いふらすお友だちがまちがってるとおっしゃるの？」

「きみがその話を聞いたという二人の女性がぼくの友人じゃないことは確かだね」

「お友だちになりたかったんじゃない？」ブルックの言葉には皮肉がこめられていた。

「とにかくどうしたんだ！　ぼくは今日ここに……」

「なにしに？」彼女はジャロッドを遮《さえぎ》った。「そんなにおめかしして、どこかへお出かけになるところなんでしょうね」

彼はうなずいた。「当たったよ」

ブルックはぷいと横を向いて言った。「じゃあ邪魔しないわ」

「いいかげんにしろ！」ジャロッドは手を震わせて言った。「きみと出かけるんだ。きみを連れに……」

「どうして？」彼女はまだ信じない顔である。

「理由が必要かい？」

「そうよ、もちろん。こんな時間に、だれをわたしに見せつけようとおっしゃるの？」

やれやれといった様子で彼は深いため息をついた。そして横に置いた箱を彼女に渡しながら言った。「これを着てごらん」

ブルックはひと目見るなり中身が洋服であることがわかった。それでも言った。「なんですか、これ?」

「あけてごらん」

ひもをほどき薄い包み紙を開くと、純白のシルク地の夜会用ドレスが現れた。彼女は小刻みに震える手でそれを取り出した。ギリシャ風のデザインの華麗なドレスだった。「わたしに?」

「ぼくが着るんじゃないよ」

ブルックは顔を赤らめた。「それはわかってますけど……。どうして? どうしてわたしにくださるの?」もしや誕生日を覚えていてくれたのだろうかと、彼女はかすかな望みをつないだ。

「着なさい。いっしょに出かけるんだ」

「でもわたし……」

「ブルック! 早く行って着替えるんだ!」

彼女は弾《はじ》かれたように飛んで行った。幸いにさっき洗髪は済ませてあった。お化粧はごく簡単にして大急ぎでドレスを身に着けた。いつのまにわたしの正確なサイズを覚えてしまったんだろう? ぴったりだわ。それにしても薄地のドレスなので、胸のふくらみがよく目立ち、彼女はそれがちょっぴり気にかかった。

ジャロッドは灰色の目で、ブルックの姿を上から下まで観賞するように眺めた。胸にとりわけ注目したようだった。

「どう？　気に入った？」

　ブルックは恥ずかしそうに笑った。「あなたは？」

「うん、素晴らしいよ。きれいだよ」

「どうもありがとう。あなたの選ぶセンスがよかったのよ。わたし自分じゃとても選べないほどよ」

「そう言われると照れるね。きみのスタイルがいいせいだよ」彼は時計をちらと見た。

「さあ、そろそろ行かなければ」

「でも……こんなに素敵なドレス買っていただいては……」

「きみに似合えばいいいんじゃないか？　だれが買おうと関係ないさ」ジャロッドはポケットから宝石ケースを取り出した。「これもつけてほしい」前にブルックが強情に言い張って彼に返したネックレスとイアリングだった。

　ジャロッドは彼女を前かがみにさせて、ネックレスを背中でとめた。ブルックは彼の指が肌に触れるたび日曜日のあの熱いキスの感触を思い出していた。

「こんなに立派なものばかり身に着けさせるなんて、どこか豪華なレストランかなにかへ行くおつもりなの？　普通のところだったら場ちがいな感じだわ」

「パーティーに行くんだ」彼は早口に言った。「ああ、かなりおくれたね」

「パーティーだったら何時間もつづくんじゃない？」

「たぶん」ジャロッドはうなずいた。

彼の運転する車は市内で最大のホテルに着いた。ブルックはいぶかしげにジャロッドを見る。「パーティーって、ここ？」

「うん。このホテルの中だ」

彼女はジャロッドの友人たちとまた顔を合わせねばならないと思うと憂鬱《ゆううつ》だった。だが彼は彼女の肘をつかんでエスコートし、いやおうなしにパーティー会場に押しこんだ。二重ドアになっていて、最初に入ったところは静かなクロークルームだった。

「わたしたちだけみたいよ」彼女はジャロッドに囁《ささや》いた。

彼はにこっと笑ってみせ、さらに前に進んだかと思うと、次のドアをさっとあけた。とたんに静かな雰囲気は消え失せ、大勢の人々がホールのあちこちから彼女を目がけて集って来た。みな口々に「おめでとう」と叫んでいる。これは！

ジャロッドは彼女の唇に軽くキスして言った。「ブルック、お誕生日おめでとう！」

ブルックは彼を真っすぐに見つめた。それから周囲に目を移した。彼の両親と弟妹。会社の同僚の女性たちもみんないる。何人かの知らない顔はジャロッドの仕事仲間のようである。ブルックの青い瞳に涙がいっぱいたまり、あふれて頬を伝う。「覚えていてくださったのね」思うように声が出ない。「みんな、みんな、わたしのことなど忘れてしまったと思っていたのに……」

「みんなでね、このことを秘密にしておいたんだよ。秘密に準備するのはたいへんだった」それから彼は声をひそめて言った。「なにしろきみの誕生日を知ってから四日しかなかったんだからね」

「そうよ。あなたとわたし、まだ四日目なのよ」ブルックはいたずらっぽく答えた。

「そうとも」彼はくすくす笑った。

ブルックはジャロッドの首に腕を巻きつけてキスをした。彼女のために集まっていてくれた人たちのことを思い出さなかったら、このキスは果てしもなくつづいたことだろう。

祝いのカードやプレゼント。中でも彼女を喜ばせたのは、ジャロッドの妹アンジーが贈ったジャロッドの肖像画だった。わたしの宝物にしたい。愛する人の肖像なのだから……。

「アンジー！」ジャロッドは、ブルックが肖像画を数多くのプレゼントの中で一番大切そうにしているのを見て笑いながら大声で言った。「おまえの絵、実物より悪いぞ！」

ブルックが賞賛するようなまなざしでその絵を見ながら言った。「そんなことないわ。完璧《かんぺき》よ」

「とてもとても。ぼくはもっとハンサムだと自分では思ってるんだがねえ」

「ハンサムに描けてるじゃありませんか」

「それでかい？　侮辱されたような気持ちだよ」

そのとき横から聞き覚えのあるハスキーな女性の声がした。「侮辱なんかじゃありませんことよ。ブルックが正しいわ」サリーナ・ハワードである。「ジャロッド。ごめんなさい、おそくなって。チャールズの飛行機の到着がおくれてしまって……」

ブルックは不愉快な感情を押し隠して、慇懃《いんぎん》に夫人にほほ笑みかけた。だが夫人はブルックの方は見ずに、ひたすらジャロッドに熱い視線を送っているように見える。それなのにあの夫人の態度は……いやだわ。

夫人の横にいる男性はご主人のチャールズにちがいない。それなのにあの夫人の態度は

チャールズは長身の端正な紳士だった。こんなに素晴らしいご主人がいるのにその上ジャロッドまで……。サリーナは欲が深いんだわ。

チャールズ・ハワードは手を差し伸べて言った。「しばらくだね、ジャロッド。サリーナが言ったように飛行機がおくれてね。失礼した」

「チャールズ、本当によく来てくれた。疲れただろうね」ジャロッドはブルックの肩に手を置くと言った。「紹介させてもらおう。ぼくの婚約者だ。ブルック・フォークナ……」

「これはこれは、ハワードです。お誕生日おめでとう」チャールズはにこやかに言った。「ジャロッドもとうとうわれわれしいたげられた亭主族の仲間入りをすることになったかと思うとうれしくてね」

ブルックは笑った。「でもジャロッドはまだですわ。婚約は必ずしも結婚と一致しませ

んもの」

「あら、あなた結婚式は来月っておっしゃったでしょう?」サリーナがブルックに向かってはじめて口を開いた。「ジャロッドのお友だちはみんな招待状が届くのを待ってますのよ。お日取りはお決まりになった?」

ジャロッドはこの婚約が偽りだということをサリーナにまだ話してないんだわ。どうしてなんだろう。そんなはずないわ。サリーナはもうわかっていながら、自分たちの情事を隠すためにお芝居をつづけているのにちがいない。

「日取りの件はね、いま母と話し合ってる最中なんだよ」ジャロッドが間に入った。「母はそんなに早く式の準備ができないと言うんでね」

「そう言えば、わたくしまだお母さまにお目に掛かってませんわね。紹介してくださいな」

「じゃ、ちょっと失礼」ジャロッドはサリーナをエスコートして、会社の社員たちと談笑している母親の方へ歩き去った。

ブルックは気の毒そうにチャールズ・ハワードを見やった。「ご出張だったんでしょう?」有名人のひとりであるチャールズに話しかけるのはとても気おくれのすることだった。

「そう、一週間ばかりね。今晩七時に着いたばかりなんですよ」

「わたしの誕生日のために、空港から直行してくださるなんて光栄ですわ」

「ジャロッドをとりこにした女性をぜひ拝見しなければと思ってね。彼は永遠の独身者かと思ってたんですが……。なぜ彼が変心したかいまははっきりわかりましたよ」

チャールズの巧みな社交辞令にブルックは赤面した。向こうの方からサリーナの忍び笑うような声が聞こえる。ジャロッドとサリーナはサラへの挨拶《あいさつ》を終わって片隅で二人だけで語り合っているのである。

チャールズもブルックの視線を追ったが、自分の妻の手がジャロッドの腕に掛かっているのに気づき顔をしかめてブルックに言った。「サリーナを大目に見てやってくださいよ。自分が人妻だということを忘れてしまうような、おおらかなところがありましてね」

「え、なにか?」ブルックはわからなかった振りをした。だが意識は、親しげなジャロッドとサリーナの上に釘《くぎ》づけになっている。

「家内は自由な女でしてね。しかし決してまちがいを起こすようなことはないんですよ」

チャールズはじっと妻の方を見つめながらブルックに言った。

バンドが演奏をはじめたため、彼女はほっと気づまりから解放された。求められるままチャールズと一曲踊った。彼は楽しい魅力的なパートナーだった。だが向こうで、ジャロッドが美しいハワード夫人を擁してフロアに滑り出した瞬間を、彼女は痛いほど強く意識した。サリーナの腕はジャロッドの首に巻きついており二人の体は相当密着している。あまりお行儀のよい踊り方ではなかった。チャールズもそれに気がついていたようである。

ジャロッドの父クリフォード・ストウンがやって来て、踊ろうとブルックに申し出た。彼女は、ジャロッドとサリーナがつづけて三曲目を踊り出すのを横目に見ながらクリフォードと踊った。彼女は同時にチャールズの様子を観察した。チャールズはサリーナの一挙一動を見守っている風である。

「ジャロッドの不意打ちの仕掛けには、驚いたことでしょうな」クリフォードが言った。「あなたをびっくりさせようと企画したんですな」

ブルックはほほ笑んだ。「本当に驚かされましたわ」

「なにかあなたにプレゼントしましたかな?」

「ええ、このドレスいただいたんです。このネックレスも。みんな素晴らしいものばかりですわ」

「気に入ってくれたようで結構です。だけどそれはお誕生日のプレゼントじゃないと思いますな。ジャロッドは他に特別のものを考えてるんじゃないですかな」

今までに十分すぎるくらい贈物をもらっており、これ以上欲しいなどとは思わないのだが、特別のプレゼントっていったいなんだろうと、ブルックは思わず好奇心を燃やした。

デイブが近寄って来て、次のダンスを申しこんだ。白の上衣に黒のズボンできりっとしている。踊り出すと彼はすぐさま言った。「兄貴はあのブロンド美人とどういうつもりなんでしょうね」

ブルックは彼の単刀直入さに驚いた。「ハワード夫人のこと?」彼女は何気なさそうに答えた。

「あれがサリーナ・ハワードですか。それにしても兄貴はなにしてるんだろう?」

「踊ってるんじゃない?」

「それはわかってますよ」デイブは吐き捨てるような口調で言った。「だけど、さっきから三十分以上も彼女は兄貴を独占してるじゃないですか」

「反対かもしれませんわよ」

「どういう意味?」デイブは眉をひそめた。

「ジャロッドがあの人を独占して放さないのかもしれないわ」ブルックは皮肉っぽく言った。

「あなたと婚約したばかりなのに、そんなわけないでしょう?」

ブルックは笑い声をあげた。「だれかと婚約したとしても、急に他の人の魅力に惹《ひ》かれなくなるってものでもないわ」

「それじゃあ、あなたがぼくを好きになる可能性もあるんですか?」デイブは耳許《みみもと》で囁いた。

「デイブ!」彼女はショックを隠せなかった。「わたし、あなたのお兄さんと婚約したのよ」

「兄貴を愛してるんですか?」

「ええ、心から」彼女はうなずいた。

デイブはため息をついた。「兄貴が羨《うらや》ましいですね。もしぼくたちが先に会っていたら、ぼくを好きになってくれたと思いたいですよ」

週末の訪問で、ブルックは、彼が彼女に対し好意を抱いているのを感じていた。だがこれほど気持ちの深い部分でとは想像さえしなかった。「わたしもそう思うわ……。でも、わたし……ジャロッドをはじめて見たとき本能的にこの人だ! って、なにかを感じたの」

「……ぼくも本能的に……。あなたのためにハワード夫人と兄貴との邪魔をしちまいましょう。今後あの女性があなたに迷惑をかけるといけないから」

「ジャロッドをあの人から切り離すことなんてできるかしら?」

「ぼくに任せてください」デイブはそう言って、もう一組が踊っているところへターンして行った。

デイブはジャロッドの肩を叩《たた》き、同時にサリーナにほほ笑みかけて言った。「ぼく、ジャロッドの弟です、ハワード夫人。一曲踊っていただけませんか」

ブルックは手をこまねいて見ている他になく、デイブがステップを踏み出してサリーナの肩越しにウインクしたときも気がつかない振りをしていた。そしてジャロッドの反応を心配そうにうかがった。

「あれはデイブの思いつきかね？　それともきみがけしかけたのかい？」

「なにをおっしゃってるのかわかりませんわ」

「デイブがサリーナに近づこうなんて考えを持ってるわけがないよ。きみだね、たきつけたのは」

「みんなが、あなたとあなたの愛人の様子を見て、いろいろ噂し出したことにお気づきではないのね。弟さんはただそれを確かめようとしてるのよ。あなたは人の目など平気なのね。だったらわたしを責めるのはお門ちがいよ。ご自分のせいじゃない！」

そのときはじまったスローテンポの音楽に合わせ、ジャロッドはブルックをダンスに引っ張り出した。「ああそう。きみの言いたいことはよくわかったよ。だがね、二度とそんな言い方はさせないからな」

ブルックは彼の腕に抱かれて体を固くした。「わたしたち、もう嘘《うそ》の婚約なんてやめにしたほうがいいわ！　みんな、だまされてはいないようよ。とくにチャールズ・ハワード。あの方、あなたと奥さんのことちゃんと知ってるわ」

「チャールズがそう言ったかい？」

「あの方ずーっとあなたたちを目で追ってらしたわ。サリーナと離れていられないんだったら、パーティーにお招きすべきじゃなかったわね」

「そうだ、こうしよう」ジャロッドは言うなりブルックをぴったりと引き寄せた。彼女は彼の全身をじかに感じた。「みんなに見せつけるんだよ、ぼくたちの仲のいいところを。サリーナのことなんか忘れられてしまうさ」

「サリーナのご主人は忘れそうにありませんわ」

「忘れるさ。きみの演技次第だけどね」

「演技ですって？」

「そうとも。本当にぼくを愛してるみたいに演技したまえ」彼はぶっきらぼうに言った。

「そんなことできないわ。人妻を愛している男性をわたしが追いかけてるという印象を与えるだけよ。もうたくさん！　わたしこれ以上馬鹿げた役割引き受けるのはいやよ」

「言うとおりにしなさい、ブルック。さもないときみは恥をかくだけだよ」

ジャロッドの怒っている様子に彼女は少しひるんだ。「どういう意味？」

「サリーナと話してるだけで、きみはもうかっかしてるだろう？　だとしたら、もっとすごいことをしてやるだけさ。きみ、恥をかくぜ。家の者はみんな、われわれがもうすでに恋人同士だと思いこんでるからね」

「そんなことないわ。お母さまだって……」

「この間の週末のことは母も信じたさ。だがね、他のときにもきみと寝てないとは、ぼくは言わなかったよ。ぼくはもう三十七だ。女性とそういう関係がなかったわけではないよ。別に恥ずかしいことだとは思わないしね。われわれが婚約者である以上、そういう間柄だと発表しても、みんな不思議がらないだろうよ」

「よして！」

ブルックは音楽のリズムも無視して、よりいっそうスローなステップで踊っていた。周囲からみれば、本当に愛し合っているカップルが二人だけの恍惚《こうこつ》の中で踊っているように見える。

「ひどいわ！」彼女はうめき声をあげた。

「婚約している男と女は普通そうなんだよ」

「わたしには、いくらかでもモラルがあるわ。どこかの方とはちがうの。チャールズはあなたのお友だちでしょう？　お友だちの奥さんとの仲がおおっぴらになって、あなた平気でいられるの？」

「平気じゃないって言ったら、信じるかね？」

「いいえ」

「それだよ。だからぼくは、あえてきみの非難に対しても弁解しないのさ。きみはそのように思いこんでしまった。ぼくは、きみの幻想をこわすのに忍びなくてね」

「わたしの考えを変えることはもう無理ですわ」ブルックは嘲《あざけ》るように言った。「あなたの会社に入ったとき、みんな言ってたわ。社長はプレイボーイだって。でもわたしはあなたのことを……」

「どう思った？」ジャロッドはうながした。

「……とっても魅力的でした」ブルックはためらったのちに思い切って言った。「あなたには聞き慣れた言葉でしょうけどね。ロマンチックで、その上知性的で……。でもまもなく、あなた方のなさるゲームがわかって嫌いになったわ」

ブルックはそう言い捨てるとダンスを中止して彼から離れようと試みた。だがジャロッドは強い力で彼女を放そうとしない。

「行かせて！　もう見せ物になるのはいや！」

「さっきから見せ物になってるんだよ。さあさあ、ぼくの目をじっと見つめてごらん！ぼくもそうするから。見物人の期待に応えなくっちゃあ」

ブルックは頑強に、彼の顔から目をそらしつづけた。「あなたの目って嫌いよ」そう宣言したがそれは子どもっぽく聞こえた。「不親切な目よ。それに残虐性がある人の目だわ」本当のことを言えば彼女はもうひと言付け加えたかった。情熱的な目よ、性的魅力のある目よ……と。

「不親切な目？　いま現在はそうかもしれないな」

「いつだってそうよ」

ジャロッドは彼女の憤慨した態度を見て笑った。「もういいよ。行っていいよ。こんどはお上品な主人役をつとめるんだ」彼は彼女を押しやった。「それにしてもきみの演技はなってないね。いつかまた個人レッスンしてあげようね」

ブルックは真っ赤になった。からかうような彼の表情から、個人レッスンという言葉で彼がなにを意味したのか察したからだった。

彼女は同僚のジーンを見つけた。ボーイフレンドであるナサニエルはストウン社の他の女子社員とホールで踊っている。「ジーン、いかが？」

ジーンは輝くような笑顔で答えた。「素敵だわ。ミスター・ストウンのご家族っていい方ばかりね。みなさんとお話ししてたの。どなたも高ぶるところがなくっていいわ」

「そうなの。あっ、香水のプレゼントありがとう。わたしの大好きなものだったわ」

「そう思って選んだのよ。わたし、はじめはあなたから婚約の話を聞いてもどこか信じられなかったわ。でもさっき二人で踊ってるところを見て幸せそうだなあって感じたの。ミスター・ストウンから昨日、ナサニエルもいっしょにパーティーに招待されたとき、わたし興奮しちゃったわ」

「わたしはまったく知らなかったの。ジャロッドはね、秘密を守るのがすごく上手なのよ」ブルックは思った。ジーンに、わたしたちが愛し合ってるように信じこませるなんて、ジャロッドもたいした演技力の持ち主だわ。

「今日、だれもお誕生日のお祝いしてくれないと思って寂しがってたんでしょう?」

「ええ、でもジャロッドの説明を聞いて、みなさんが秘密を守ってたことがわかったわ」

答えながらブルックは、向こうでジャロッドが再びサリーナと語らっているのを目にとめていた。

ブルックはそれからパーティーの終わりまでジーンやその他の友だちと語り合った。その間ずっとジャロッドとサリーナは互いにそばを離れなかった。ブルックは屈辱を覚えた。チャールズ・ハワードも同様のように思われた。

パーティーが終わり、ジャロッドに家まで車で送ってもらった。

「わざわざパーティーを開いてくださってありがとうございました」車を降りるさい、彼女は堅苦しい態度で礼を言った。

「開かないほうがおかしく思われるよ。なにしろ二十一歳の誕生日なんだからね」

「おかげさまで、あなたという人がいっそうよく理解できるようになりました」彼女は皮肉を浴びせるとくるりと振り向いてフラットの中へ入って行こうとした。

「コーヒーでもいかが、とは言わないのかい?」ジャロッドは後ろから優しい調子で言った。

彼女は振り返って、怖い目つきで彼をにらんだ。二人が乗って来た、ぴかぴかした新品の自動車に寄りかかったジャロッドはとてもハンサムだった。彼女は反射的に言った。

「では、コーヒーでもいかが？」

キッチンに入り、コーヒーを用意してリビングに出て来た彼女を、ジャロッドの腕がしっかりとつかまえた。

彼女は反抗的な目で彼を見た。「こんどはなにをお望みですか？」

ジャロッドの灰色の目がきらきらとしたと思うやいなや固い唇が彼女のやわらかい唇を襲った。ブルックの口は乱暴に開かれた。目がくらむような思いのブルックは彼の肩に支えを求めた。

「どうして、こんなことをなさるの？」非難がましい口調で言った。

「きみが求めていたからだよ、今晩ずっと……」

「そんな！　そんなことないわ」

「そうだったとも。パーティーの最中、ずっとぼくの方をしげしげと見ていたじゃないか」

「あの方と仲のよろしいところを見ていたんだわ。他の人たちだってみんな……」

「口を開けばぼくの非難というわけかい？　ぼくは他の人間がどう考えようと一切意に介さないからね……。それはそうと、ぼくを家まで送ってくれる？　コーヒーはいいよ。部屋に入れてもらう口実だったのさ」

ブルックは首をかしげて言った。「わたしが送るんですか？　具合でも悪くなったの？」

「別に病気じゃない」ジャロッドは車のキーを彼女に手渡しながら言った。

「車はきみのものだからさ。それにアストン・マーティンをきみが運転するところを見てみたいしね。ミニとはちょっとちがうよ」

ブルックは顔から血が引くような感じを覚えた。「あの車……アストン・マーティン……あれがわたしの車ですって?」

ジャロッドはうなずいた。「ぼくからのプレゼントだよ。改めてお誕生日おめでとう」

6

「お誕生日のプレゼントにこんな高価なもの困りますわ。あなたからこれ以上なにかいただくわけにはまいりません」

ジャロッドは暗い顔を見せた。「きみがときどきわからなくなる。二十一歳の誕生日を迎えた女の子が特別のプレゼントをもらっても不思議はないだろう？」

「でも自動車までは！」ブルックは言い張った。

「ぼくの妻にふさわしい車のはずなんだ」

「え？」彼女は息をはずませた。「妻ですって？」

ジャロッドはうなずきながら肘掛け椅子に腰を下ろした。「きみも座ったらどう？　少し話し合う必要があるみたいだね」

「もちろん」座るというよりも椅子に転がりこむ感じだった。

「これからぼくが言うことにいちいちびっくりしないでくれたまえ。いいかい？」

「いいわ」なにを言われるのか不安であった。

「じゃ話そう。……われわれはやはり……結婚すべきだと思う」

「なんですって！」彼女は椅子から立ち上がった。見下ろされている彼は平静を保っている。「なんとおっしゃったんですか？」彼女は震えながらたずねた。

「驚かないって約束したじゃないか」

ブルックは不愉快な表情を示した。「そんなむちゃくちゃなお話だなんて思わなかったもの」

「むちゃくちゃってことはないだろう。みんなの期待に応えて結婚しようと言ってるだけじゃないか」

彼女は片方の眉をつり上げた。「……わたしたちお互いに愛し合っているわけじゃありません」

「それがどうした？」

「わたしたちがもし結婚するのなら、その点がまず大切ですわ」

「必ずしも必要じゃないね。われわれはそれに代わるものがあるじゃないか」

ブルックは目を大きく見開いた。「なんのこと？」ジャロッドは不意に立ち上がり彼女の腰に手を回した。

「わからないかなあ」彼はつぶやき、唇を彼女の喉《のど》に当てた。キスの感触はすぐさま彼女の感覚を呼び覚ました。彼女の腕は彼の首に巻きつき、鼓動がドラムの音のように大きくなる。

「……わからないわ」彼女はかすれた声で言った。

ジャロッドの手はブルックの体の上をさまよい、服を通して胸にも触れた。「わかってるはずだよ、ブルック。……きみの肉体がわかっているんだ」

彼女はじっとしていられなくなり、ジャロッドの唇と手の動きに積極的に応じはじめた。

「ジャロッド！」彼女はおののきながら彼の名を呼んだ。

「ぼくたちはお互いに惹《ひ》かれ合っているんだ。きみもよくわかるだろう？」

彼女はジャロッドの言葉を否定できない。彼の腕の中で、体が溶けていくような感覚を味わっているところなのだ。だけどジャロッドのほうはどうなんだろう？　わたしなんかあの美貌《びぼう》のハワード夫人の到底敵ではないことだけは確かだ。

「……ええ、わたしも」ブルックは彼の目の光に戸惑いを感じた。「でもそれは関係ないわ。あなたはハワード夫人と愛し合ってるんですから」

「サリーナのことは忘れるんだ。いまぼくの目の前にいるのはきみなんだから」

「あの人のことを忘れるなんて！　あなたが公然と愛人扱いしているあの人のことを……」

「しつこすぎるぞ」ジャロッドは苦々しそうに言った。「ブルック。ぼくはきみが欲しいんだ。そのためには結婚という方法しかないと思うんだ」

「そのとおりよ」

「よしっ、それで決まった。われわれの結婚は」

「わたし、ありふれた小娘かもしれないわ。でも他の人と恋愛している男性と結婚するつもりはありません」

「だいじょうぶ。きみはぼくと結婚することになる」そう言いながら彼は狂おしそうにキスしつづけた。

ドレスがはがされむき出しになった肩にキスされたとき、ブルックは喜びを感じていた。やがて寝室に運ばれたブルックは、抵抗しようとする力も自然と消えていきベッドに横たえられた。ジャロッドは彼女の肩からドレスを押し下げた。彼自身も上着を脱ぎ、ネクタイを外した。彼女は、シルク地のシャツの中の彼の素肌に触れたとき、めくるめくような愉悦を覚えた。

「ぼくを欲しい?」

「ジャロッド! もうやめて。わたしもう……」

「ぼくを欲しい?」彼は繰り返した。

「わたしに言わせないで。そんなこと、わたしに答えさせないで」

「言ってくれ、ブルック。ぼくを欲しいと」

「欲しいわ! あなたが欲しいわ!」彼女は叫び声をあげた。

「ぼくと結婚するね?」ジャロッドはベッドの上で彼女を押さえつけている手に力をこめた。まるで肯定的な返事を強要するかのように……。

「結婚はしません!」

ジャロッドも息を大きくはずませている。「もしきみが賢明だったら、結婚を承知するはずだよ。それを断るなんて、いまここできみがぼくのものになるのを拒否するのと同じじゃないか」

わたし、いま、彼に抵抗できない。彼だってもうよくわかってるはず……。いつでもわたしを自由にできるって。わたしを自由にするためだけだったら結婚の約束をする必要などないのに、約束を迫っているんだわ。でもわたしはいや! 他の女性と愛人関係にある男性と結婚するなんて。「結婚はできないわ! それは正しくないことだわ」

「正しくないだって?」ジャロッドは嘲笑《あざわら》った。「欲望に正しいも正しくないもあるものか。ぼくはきみが欲しいんだ。弟には絶対に渡さない!」

ブルックは一生懸命に彼に逆らって起き上がろうとしたが無駄に終わった。「デイブがなんの関係があるんですか!」

「デイブはもう半分きみに恋してるよ。否定しても駄目だ。きみだって気づいてるはずだよ。きみに結婚を申しこむかも知れないな。だけどぼくはきみを手放さないよ。きみはもう半ばぼくのものも同然だ」

「あなたのものなんかじゃないわ、わたし！」ブルックは怒りを爆発させた。「わたしの相手はわたし自身が決めるわ」

「いままでどんな男たちのものだったんだい？」ジャロッドは彼女の裸身に無遠慮な視線を走らせて言った。「きっと、これまでも、この素敵な体を有効に役立ててきたんだろうね」

　ブルックは体をよじって彼の手から脱け出し、ベッドから飛び下りた。ドレスを手早く身に着け、怒りでぶるぶる震える手でファスナーを閉めた。それから彼をにらみつけた。ベッドの上で座っている彼を見るとむかむかした。

「わたしが過去になにをしてこようとあなたの知ったことじゃないわ。出て行って。いますぐ！」

　ジャロッドは悠々とした態度でシャツを着て、ズボンの中にたくしこみ、上着を着けた。ブルックが投げつけたネクタイはポケットの中に無造作に突っこんだ。

「出て行って！　この悪者！」彼女は金切り声をあげた。

「いまにきみをひざまずかせてみせるさ。結婚してくださいとね。見ててごらん」

「勝手になさい！」ブルックはますます激高して言った。

「勝手にするとも。ぎゅうぎゅういう目に遭わせてやるよ。結婚してと、きみがおねがいするまで」

「あなたなんか死んでしまうといいわ！　地獄へ行けばいいのよ」

「お生憎さま。ぼくは家へ帰るんだ。じゃあ明日の夜また会おうね」

「明日の夜？」

「そう」彼はうなずいた。「責め苦がはじまるよ」

ブルックは頭がくらくらした。「わからない人だわ、あなたって。どうしてわたしを？」

「とにかくきみを手に入れたいのさ。これからずっと一生ね。今日だってその気になれば、ぼくのものにできたんだけど、それではきみが二度とぼくに会うまいと思うだろう。だから結婚するんだ」

「サリーナはどうするつもり？」

彼は肩をすくめた。「彼女とは結婚できないよ。ちゃんとご主人がいるんだからね」

「なるほどね。本当に欲しい人とは結婚できないから、代わりにわたしとってわけね」

ジャロッドは笑いこけた。「馬鹿な娘だねえ、きみは。ついさっきのこと思い出してごらん。ぼくはきみが欲しかったんだよ。他のだれでもないよ。きみをだよ」彼は腰をかがめて彼女の唇にキスした。「さあ、じゃあ明日から本気で攻めるからね。覚悟しとくんだな」

「出てってよ！」彼女は叫んだ。

ジャロッドがドアを閉めて出て行く音を、彼女はじっと耳を澄まして聞いていた。彼女は体を震わせて泣いた。あの人、わたしが女であることにつけこんでこんなにまで苦しめる権利などないわ。さっきの言葉、あの人が本気で言ったのなら明日からはもっといやな思いをさせられるにちがいない。


「ゆうべは素敵なパーティーだったわね」午前中の休憩時間にジーンが楽しそうに言った。

「本当に昨日はありがとう」だがブルックは昨日、とくにパーティーの後で起こったことは忘れてしまいたかった。ジャロッドも忘れてくれるようにと心の中で祈った。

「みんなも、とても楽しかったって言ってるわ」ジーンは、ブルックの昨夜のことを話題にしたくない気持ちに全然気づいていない。「あなたのジャロッドって素晴らしいわね。あんなに人間的な人だとは思わなかったわ。いつも傲慢《ごうまん》な態度で、わたしたちなんか目に入らないみたいだったもの」

傲慢なだけじゃないのよ。ブルックは思った。利己的で、モラルはまったくなく人間の道を踏みはずしているのよ。恥というものを知らない人なの。他人を利用するだけ。わたしはもう十分に利用されたわ。

「普通の男よ」ブルックは肩をすくめて言った。「女性を追い回すただの男だわ」いつも複数の対象をねと、彼女は言い足したかった。

ジーンは納得できないという顔をみせた。「あなた少し疲れてるんじゃない？　ミスター・ストウンとの結婚で、もっともっと気持ちがはずんでいると思ってたんだけど」

わたしは彼と結婚しないわ。女性経験の豊かな彼のことだから、わたしの彼への愛情をやがて見破るかもしれない。そしてサリーナとのことにも目をつぶるだろうとたかをくるかもしれないわ。でも他の女性のためのカモフラージュの役なんて金輪際引き受けるものですか！

ブルックは寂しそうに笑って言った。「ごめんなさいね、ジーン。夜おそかったんで疲れてるみたいなの」

「わたしもよ。でも不意打ちでびっくりしたでしょう？　ミスター・ストウンは……」

ジーンは話を途中でやめた。その理由はすぐにわかった。ジャロッドが専用エレベーターを出て、こちらに歩いて来るところだった。

ブルックの顔が赤く染まった。ジャロッドが彼女のデスクに近寄って来る間、ただもじもじして左手の薬指にはめたダイヤモンドの婚約指輪《エンゲージリング》を見つめているだけだった。

その様子に気がついたジャロッドはわざと彼女の左手を取って高く上げ、しげしげと見た。ブルックは残酷な猫科の動物にいたぶられている小ねずみになったような気持ちである。

「ダーリン！」ジャロッドは甘い調子でブルックに呼びかけた。「ぼくは今日これから出かけて会社に帰らないことになるだろう」

それがわたしとどんな関係があると言うの？　彼女はそう言ってやりたかった。「え？」

「きみの車を運転して来たんだ。昨日きみは疲れててぼくを送ってくれなかったから、悪いけれど今日はしばらく仕事に使わせてもらうよ」本当に仕事のため？　と言いたげなブルックの皮肉な目の色を読んだ彼はさらにつづけた。「今夜八時半にはきみのところへ車を運べると思うけど」

車なんかもう欲しくなかったし、今夜彼に会いたいとも思わなかった。これ以上わたしにかかわってほしくないの。

ジャロッドがゆっくりと腰をかがめてキスしたとき、ブルックの目は怒りで紫色に燃えた。大勢の会社の人が見ている前での臆面もない仕業が無性にしゃくにさわった。

「それじゃ夜まで辛抱して待っているんだよ」ジャロッドはきらきらした目で彼女を見やりながら言い、ジーンに向かっては微笑を浮かべながら言った。「昨日のパーティーで疲れてないかね？」

ジーンはぱっと顔を輝かせて答えた。「いいえ。どうもありがとうございました、ミスター・ストウン。本当に楽しかったですわ」

「そう、それはよかった。じゃあ、ブルック、後でね」

彼女はちょうど来合わせた客への応対に忙殺されている振りをしてジャロッドを無視した。哀れな社長は同じ言葉を三度も繰り返さねばならなかった。やっと振り向いたブルックのうなずきを確認してから、彼は幸せそうに受付のコーナーから去った。

周囲が静かになるとブルックはジーンに言った。「ジーン、あなたの言うとおりよ。やはりあの人は魅力的よ。でも……あの人といるとわたしとても神経がくたびれるの。とりわけ会社ではね」

ジーンはにっこり笑った。「それはそうよ。わたしだってこの場であんなふうにキスされたら身の置きどころがなくて困ってしまうもの」

約束の時間が来るまでブルックは胸を痛めどおしだった。今日のあの様子では、わたしが結婚すると言うまで、あの人は我を張りつづけそうだ。

わたしはジャロッドを欲しい……。あの人のものにいますぐにでもなりたい。それがわからないのかしら……。

ジャロッドは正確に八時三十分に彼女の部屋に現れた。彼はにこやかな笑顔で車のキーを渡しながら言った。「さあ、きみのものだよ」

「いただくつもりはありません」

彼はブルックの言葉を聞き流して気分がよさそうにソファに腰を掛けた。とてもくつろいだカジュアルな装いである。それはそのまま、深まった二人の親密な間柄を示唆していた。なめし革のブーツにコーデュロイのズボン。クリーム色のシャツはほとんど腰の近くまではだけている。茶色の短いジャケットが粋だ。ブルックの脈拍はピッチを速める。

「夕食は済んだ?」

「ええ、済ませました、ジャロッド」ごく自然に彼のファーストネームを呼んでいることを彼女は意識していない。「ジャロッド！　わたしの言うこと無視なさるの?」

「無視どころか……」彼はハスキーな声を出して反駁《はんばく》した。「その正反対だよ」

「いいえ、あの車はいりません。まるで……まるでなにかの代金みたいで、いやです」ブルックはけんもほろろに言った。

「代金?　なんのための?」

「……知りません！」ブルックはつっけんどんに言った。「いいえ、知ってるわ！　わたしのサービスへの代金みたいだと言ってるんです！」

ジャロッドが怒り出すことを彼女は期待したのだが、意外にも彼はくすくす笑った。彼が怒って部屋を出て行くいつもの成り行きを、ブルックは望んだのだが……。それどころか彼はジャケットを脱ぎはじめた。

「今日は暑いねえ」彼はからかうような調子で付け加えた。「そんなにきみ、これまでぼくにサービスしてくれたっけ?」

ブルックの顔はみるみる赤くなった。例によって例のごとく、彼に逆手を取られてしまったわけである。

「きっとあなたは先にお金を払うのがお好きなんでしょう?」彼女はとげとげしく言った。

「そうとも限らないさ」彼は鷹揚《おうよう》に答える。「だけどきみにはそれでもいいんだ」

「どうぞ！　どうぞ車をお持ち帰りください」

「残念だなあ。あれはぼくのものじゃないんだ。きみの名前で買ってきみの名前で登録済みなんだ」

「わたしがただの受付係だということを忘れないでね。……いいわ。あなたと約束した期間中だけは、あの車お預かりするわ。でも期間が終わったらお返ししますから。わたしには自動車保険の保険料だって払えないのよ。ガソリン代ぐらいなんとかしますけどね」

「ブルック、〝われらが仲は永遠《とわ》に終わらざるべし〟だよ。きみはぼくのものなんだよ。きみもいまにそれを認めることになるよ」

「するもんですか、そんなこと！」

「そうは言っても、ねえダーリン。ぼくはなにかをしようと決心したら断固やり通すんだよ。ぼくの仕事仲間に聞いてごらん」

「押しが強いことはよく知ってますわ。他人《ひと》に聞かなくったって」

「まあここに座ったらいいじゃないか。くつろぎなさい」彼はソファの自分の横の席を手で叩《たた》いた。

「サリーナ・ハワードのところへいらっしゃったらいかが？　あの人きっと大喜びしますわよ」

「どうかな。サリーナもチャールズも、自分たちの結婚記念日は二人だけで過ごしたいらしいよ。邪魔したくはないね」

「……」

ジャロッドは得意そうに笑った。「座りなさいったら。そっちじゃない、こっち。ここ」

「ご辞退いたします」ブルックは取り澄まして答える。「今夜はどんなことなさりたいの?」

「ないなあ。とくに計画はないな」

「わたしもありませんわ……。でもここでずっとわたしといっしょにいらっしゃるつもりじゃないんでしょう?」

「ひと晩中でもいいよ。そうさせてくれるなら」

「とんでもない!」

「まあそう言わずにレコードでもかけたら?」

彼女はレコードキャビネットのあるところまで歩いた。「どんな種類の音楽を?」

「そう……なにかロマンチックなのを」

「ロマンチック?」

「そうだよ。そんなのを聴けばきみもぼくの横に座ってくれるんじゃないかね。そしてぼくは甘い言葉をきみに囁《ささや》くんだ」

彼女はレオ・セイヤーのLPを選んだ。ロマンチックミュージックとは到底言えない代物である。ジャロッドはほくそ笑みながら彼女は座った。ジャロッドは立ち上がってプレイヤーを止めた。

「ぼくはレオ・セイヤーは嫌いではないがね、どうも気分が出ないんだ」彼は自分でブルックのレコード・コレクションを点検した。「バリー・マニロウにジョニー・マチスか……」

「ジョニー・マチスをかけて。バリー・マニロウはちょっと寂しすぎるわ」

彼女がリクエストした曲をかけると、ジャロッドはソファに帰らず、彼女の座っている肘掛け椅子のところへ来てその肘掛けに腰を下ろした。「音楽でも共通の趣味があるようだね」

ブルックは彼を横に見ながら言った。「わたしたちの共通点ってそのくらいじゃない?」

彼のそばにいるのは本当に危険だ。彼女は気持ちを引きしめた。

「ぼくはもっとたくさん共通点があると思うなあ」彼は言いながらブルックのやわらかい頬に軽く触れた。「きみが承知しさえすれば、われわれは大きな共通点を持てるはずなんだけど。きみはいつもそんなふうに品行方正ないい子って振りをしているの?」

ブルックはかっとなって視線を彼の顔に走らせたが、すぐにそらした。彼の目に浮かんでいる温かさに負けそうに思えたからだった。彼女は素早く椅子から立ち上がって彼から数歩離れた。

「わたし、そんな振りをしていませんわ。……わたし、遊びはいやなの！」

「それはぼくも同じだよ。結婚を前提にするのでなければね、やはり」ジャロッドはため息をついた。「座りなさい、ブルック。なにもしないって約束するよ。なにか話をしよう。なんでも……」

「お話しすることなんてあります？」

「きみの子どものころのことでも話してごらん。きみの伯母さんってどんな人だった？」

話題が結婚のことから離れてブルックはいくらか安心し、ソファに座った。「伯母はわたしの母より十五も年上だったの」

「その伯母さん、結婚しなかったの？」

「ええ。その点ではわたしのせいでもあるんだわ。五歳の子どもを抱えていれば、どんな男の人だって近寄らないでしょう？」

「だけど伯母さんがきみを引き取ったとき、もう四十歳を越してたんだろう？　それまでに、結婚する気ならいくらでもチャンスがあったはずだよ」

「いいえ、伯母はわたしの母の小さいときも面倒をみてたんだわ」

「それで納得できるよ」

「おかしいわ、そのおっしゃり方」

「ごめん、ごめん。だけどぼくには……」

「あなたの考え方はよくわかってますわ。でもエンマ伯母さんはいつも結婚したくないって言ってたわ」

「伯母さんは男が嫌いだったんだね」

「少なくともわたしの父のことは嫌ってたわ」

ジャロッドは急に興味を覚えたようだった。「本当？　お父さんは亡くなったときいくつだった？」

「母より十歳上だったから、三十五ね。でもどうしてそんなこときくの？」

「伯母さん、きみのお父さんのことを嫌いというのはちょっとちがう感情を持ってたんじゃないかな」

「エンマ伯母さんが父に惹《ひ》かれてたっておっしゃりたいんですか？」ブルックは苦々しげに言った。

「そう思えないこともないね」

「わたしの父よ。父はエンマ伯母さんの妹と結婚してたのよ！」

「そうだったとしても、伯母さんがお父さんに恋しちゃいけない道理はないね」

ブルックは立ち上がり、部屋の中を歩き回った。

「信じられないわ、そんなこと」でもジャロッドが正しいのだ！　彼女はそのことを知っていた。伯母は妹……わたしの母を憎み嫉妬《しっと》していたわ。わたしにつらく当たったのもそこに原因があったのだ。

「ぼくの言うとおりなんじゃないかな」

「ええ」彼女は一瞬口ごもった。「認めるわ」

「済まない！」ジャロッドはブルックを抱きかかえて言った。「きみにいやな思いをさせるつもりはなかったんだよ。ぼくの見方がまちがってるかもしれない、ねえブルック」彼は彼女の顎を手で支えた。

「いいえ、あなたのご想像どおりよ。どうしてわたし、いままではっきりそう思わなかったんでしょう？」

「きみの心が真っすぐだからだよ、ブルック」彼の口は彼女の口と何センチも離れていなかった。「ブルック……ブルック、キスしてほしい……」

「ジャロッド！」彼女はいままでにない激しさで彼にキスしていた。そして全身を委《ゆだ》ねた。

二人はソファに横たわって抱き合った。彼が彼女のブラウスのボタンを外しかけても、ひと言も抵抗の声をあげなかった。

「ブラジャーはいつも着けてないの？」ジャロッドは、ブルックの胸にキスをした。

彼女の体の震えが高まる。彼女は大きく息を吸いこんだ。「邪魔な感じなの。だから……」

彼は頭を上げて半裸の彼女を見下ろしながら言った。「着けてなくったって十分に素晴らしい……きれいだ。きれいだよ。きれいすぎて触るのが怖いほどなんだ」

ブルックは両腕を彼の肩から髪に伸ばした。「やめないで、ジャロッド……。あなたに触られるのが好きなの」

まったくだしぬけにジャロッドは彼女から体を離して起き上がった。数秒前の情熱的な彼はどこかに消えたかのように。ブルックの裸身だけが、さっきまでの出来事が夢の中のことではなかったことを証明している。ブルックも震える指先でブラウスのボタンをはめた。

「もう夜はおそい」彼はぶっきらぼうな口調で言った。「ぼくは帰る。送ってくれなくてもいい。タクシーを拾うから……。明日の晩また会えるだろう。ブルック、おやすみ」彼はブルックの顔も見ずに部屋を出て行った。やがてドアを閉める音だけがあたりに強く響き渡った。

7

同じような夜がつづいた。少しおしゃべりして、それからレコードを聴き、結局ブルックはジャロッドの腕の中にいるのだった。

今晩こそはそうはすまいという彼女の決心も、ジャロッドの巧みなコントロールによって、常に崩れ去った。彼女が彼を欲しているとき、彼を突き放したく思っているときの頃《ころ》合《あい》を、彼は実によく心得ていた。

わたしをひざまずかせるために、あらゆるテクニックを使っているのだわ。……だが彼の前では常に、もろくも溶けてしまうブルックの心と体であった。

その夜、ジャロッドは瀟洒《しょうしゃ》な夜会服姿でフラットに姿を現した。彼女は外出の支度をしておくように言われていなかったので、すぐに彼ひとりで出かける予定だと悟った。

「おそくなってごめん」彼は軽くキスした。

「お出かけ?」

「うん、すぐ行かなければならないんだ」声に焦燥の色がある。「仕事で大切な話ができてね」

「そう？」彼女はわかってますという顔をした。

「信用しないみたいだね」

「そんなことないわ」

「今夜はきみと議論してる暇はないんだ。今日の午後アメリカから取引先の人が着いたんで、接待しなければならないんだよ」

「あなたが？　男性と夜の時間を？　へえっ！」

「またそういう態度！　ひょっとしたらやいているのかな、だれかに。としたらそれはいい兆候だよ」

「残念でした。嫉妬《しっと》なんてだれがするもんですか」

ジャロッドは彼女の腕を抱えこみ、乱暴に口をこじあけるようなキスをした。しばらくして離れると彼女の唇は腫《は》れているようにさえ見えた。

「行きたくないなあ」彼は押し出すような声で言った。「きみといたいよ、ずっと」

「でも駄目なんでしょう？」

「……うん、やはり行かなくては」ジャロッドは目を細めてブルックを見つめた。「欲しいんだ、きみの全部を」

その気持ちはブルックとて同じである。しかし理性が彼女に戻ってきた。ここで譲歩してしまってはわたしの負けだわ。

「おそくなるんじゃない？　夕食のお約束に」彼女は腕時計を見せながら言った。

「そうだ。こうしてはいられない。きみのことだけが頭の中いっぱいにあるというのに、ビジネスの話をしなければならないなんてつまらないけどね。たぶん商談の最中にきみの裸の姿を思い浮かべるんじゃないかな」ジャロッドは忌々しそうに言った。

「わたしの体なんて眼中にないんでしょう！」

「目下のところ、ぼくにとって世界中で一番貴重なものはそれなんだ」

「すぐに忘れるわ」

「そう思う？」彼はまたブルックの喉《のど》に唇を当てた。「ぼくは思わないよ」

「わたしのことなど忘れているくせに……。それなのに今晩だけなぜ？」

「男の性のメカニズムについてなんにも知らないんだなあ。男は欲求不満をそうたやすく治せるものじゃないんだよ。ちょっとの間は消えたと思っても、すぐにまた火がつくんだ。女性による暴行事件って聞いたことないものね」

「たまにはあるわ」

「それは暴行とは言えない程度のものだろう。男はその気にならなければ駄目なんだ。言ってる意味わかるかい？　それほど世間知らずでもあるまい」

「わかってるわ！」彼女は顔を真っ赤にして答えた。「もう行ってください！」

「困ってきたんだろう」

「いいえ、少しも。急いでいるってあなたがおっしゃってたから、思い出させてあげてるだけよ」

「こんなに刺激されてしまっては行けなくなってしまったじゃないか。きみには苦しめられるばかりだ」

「それなら早く行って！」

「行くから……。明日来ることにしよう。夕食を外でしてからナイトクラブはどう？　日曜日は一日中いっしょにいることにしないかい？」

「勝手よ！　わたしの時間まで自由にしないで！」

ジャロッドは彼女の左手を取って指にはまっている婚約指輪《エンゲージリング》を見た。「これがある限りは、ぼくに権利があるんだ」

「これは形だけであなたにはなんの権利もないって前に言ったでしょう？　行って、ジャロッド。おねがいだから」ブルックは嘆願するかのようだった。行かないで！　と彼の前にひざまずいて頼む羽目におちいるより前に、彼に去ってもらいたかったのだ。

「じゃ行くよ。今日は早く寝よう。明日の夜のプランがあるからね」彼は静かにドアを閉めて立ち去った。

それから十五分ぐらい経ったころ再びドアのベルが鳴った。ブルックは、ジャロッドが予定を変更して戻って来てくれたのかと大急ぎで戸口まで走った。「ジャロッド！　あっ！」それはジャロッドではなく、彼の弟のデイブだった。「デイブ……」彼女はつぶやいた。

　彼女のがっかりした表情にデイブは気持ちを傷つけられたようである。彼は肩をすくめて言った。「都合が悪いみたいですね。ジャロッドを待ってるんでしょう？　また来ることにします」

「いいえ、いいの」彼女は引きとめた。「ジャロッドはいま帰ったところなの。仕事の接待があるんですって。あの人が忘れ物して取りに戻って来たかと思ったのよ」愛し合うためジャロッドに戻ってほしいと考えてたなんてデイブに言えるわけはない。

　デイブはほっとしたようだ。「じゃ兄貴は今夜はもう来ないんですね」

「ええ……。お入りにならない？」

「かまいませんか？」

「どうぞ。だれかとお話ししたかったの。ロンドンって変なところね。人間は大勢いるんだけど世界一孤独な都会だと思うわ。みんな自分の人間関係の輪を作ってその中から一歩も出ないで生活しているからだわ」ブルックは自分が上っ調子で饒舌《じょうぜつ》になっているのがよくわかっていた。だがそういう自分を抑えることはできなかった。

　デイブはリビングルームを見回しながら言った。「きちんとしてて、それにきれいですね。ぼくの部屋なんかベッドがひとつあるだけですよ」

「でもお家《うち》から……」

「援助があるだろうって言いたいんでしょう? ぼくはいやなんですよ、そういうの。患者や同僚が貧しい生活しているのに自分だけは贅沢《ぜいたく》しようなんて考えてたら病院勤務なんてできませんよ……。腰掛けてもいいですか?」

自分の気の利かなさに彼女は顔を赤らめた。「どうぞ、どうぞ。ごめんなさい。思いがけずあなたに会えたものですから、ついうっかりして……」彼女はデイブと向かい合わせて座った。「今日はもうだれとも会えないと思ってたの」

「もうおそいですからね」彼は腕時計を見た。「九時十五分。……兄貴は大分前に帰ったんですか?」

「三十分ぐらい前かしら」

「よかった。ぼくが来たとき兄貴がここにいたらきっと困ってしまいましたよ。疑い深いんですから」そして彼はもうひと言付け足した。「兄貴が他で用事のあるときに来合わせてぼくはついていてますよ」

ついているなんていう程度じゃないわ。大幸運よ。最近のジャロッドときたらそれこそわたしを所有したつもりでいるんだから。弟がなんのためにやって来たんだと疑うに決まってるわ。誕生パーティーの日、ブルックはデイブの彼女に対するほのかな憧れを知った。

そして、デイブも魅力的だという気持ちが彼女自身の中にあることは否定できなかった。

「あなたはぼくのこと疑わないの？　ぼく、今日までずっとここへ訪ねて来ようと考えてたんですよ。……あなたのことをきいても兄貴は最近なにも言ってくれないんですよ。すぐに話を変えてしまうんです」

「話すことがなにもないからだわ」

「まさか！　あなたのことは兄貴にとっても今年最大の事件でしょうね。ジャロッド・ストウンをとりこにするなんて！」

「わたし、彼をとりこにしたとは思ってないの。そりゃあ、わたしたち婚約してるわ。でも現代では婚約なんてそれほど意味のあるものじゃないわ」

デイブの様子が変わった。「ぼくの望みに可能性が出てきたということでしょうか……」

「あなたの望みって？」

「兄貴とあなたの仲がこわれることなんです」

「……婚約者の弟さんがそんなことを考えるのはまともじゃないわ。それとも、わたしがジャロッドにふさわしくないという意味？」

「兄貴があなたにふさわしくないんです。……あなたは……ぼくに……ふさわしい……」

「デイブ！」ブルックは驚愕《きょうがく》した。だがすぐに再びユーモアを取り戻して軽く笑い流しながら言った。「よくそんなこと言えるわね」

「思ったとおりに言っただけですよ。考えれば考えるほど、ぼくが兄貴より先にあなたに会っていればって思うんです」

「お兄さんの持ち物を欲しがるんでしょう？　下の人って……。そんな気持ちなんでしょう？」

「あなたは兄の持ち物なんですか？」

ブルックは赤くなった。「婚約しているんですからある意味ではね」ジャロッドは、完全にわたしを所有しているようにいつも言い張ってるわ。彼女はそれを思い出して、きっと口を固く結んだ。

デイブは彼女の表情の変化を見逃さなかった。「ぼくには、あなたが幸せのようには見えませんよ。この間家へ来たときにくらべるとなにかが変わったように思えるんですよ」

ブルックには、そんな話題は煩わしく思われるだけで、やめてほしいと心の中で望んだ。もし彼女がジャロッドに対し、どれほど彼を愛しているか口に出して言えるのだったら、二人の関係はいまのようなものではなかっただろう。すでに結婚していたかもしれない。愛していないながらジャロッドと遠く距離を保っている自分の心理が、われながら不思議に思えるのだった。プライドだわ。そうよ、わたしのプライドが許さないんだわ。

「まだ結婚式の日取りが決まらないの。それでそんなふうに見えるのかしら」彼女はとぼけてみせた。

「勘違いした振りしてますね。兄貴の影響かな」

「……勘違いはしてないわ。でもね、デイブ。言えることと言えないことがあるのよ。プライヴァシーよ、それ以上は……」

「わかりました……。兄貴はまだハワード夫人と会っているんですか?」

「わたし、そんなこと知らないわ」自分が教えてもらいたいくらいだった。この二週間のジャロッドの訪問の頻度《ひんど》からすると到底そんな時間の余裕はなさそうに思える。でもわからない。意志さえあれば道は通じるっていうから……。

「ブルック、あなたが好きです、ぼくは。だから兄貴があなたを傷つけるのは見ていられないんです。兄貴の行状を見てると、女性に誠実だったためしがないんだ」

ブルックは苦笑して皮肉っぽく言った。「あらあらうるわしい兄弟の情ね」

デイブはさっと赤くなった。「恋愛と戦争では、いかなる手段も許されるっていいますよ」

「わたしたちには両方とも関係ないわ」

「……やはり兄貴なんですね。二人ともさっさと結婚したらいいじゃないですか。ぼくは見てるのが苦しい……それとも兄貴が結婚をためらっているんですか?」

ブルックは首を横に振った。「そうじゃないの。失望させてごめんなさいね。わたしなの。わたしが結婚に踏み切れないの」

「あなたが？」デイブは驚きを隠さなかった。

「わたしがオーケーと言いさえすれば、ジャロッドは明日にでも結婚するみたいよ。でも結婚って人生の究極でしょう？　わたし最後に気持ちを決めるのにとても慎重なの」

「じゃいまのところ気持ちが固まっていないんですね」デイブは飛びつくように言った。

彼女はデイブのせっかちさがおかしかった。本当に無邪気なんだわ、この人。ジャロッドも若いころはデイブみたいだったのかしら。いったん欲しいと思い立ったら手に入れるまでやめないところはそっくり。でもジャロッドは年の功で、もっと上手に女性を口説くすべを心得ているのだ。

「わたしジャロッドを愛してるわ。ただ結婚となると疑問なの」彼女は立ち上がった。「コーヒー作ってくるからちょっと待ってて。インスタントだけど」

「インスタントでもいいですよ。ぼくは到底兄貴の強力なライバルではないみたいですね」

「ないわね」ブルックは軽い調子で言った。「でも、わたしたち、いいお友だちにはなれそうよ」

デイブは、すねたようにふくれっ面をした。

キッチンでハミングしながらコーヒーを用意し、トレイに載せて運んだ。

「なにか食べるものはどう？　まだなにもお腹《なか》に入ってないんでしょう？」

「面倒でなかったらサンドイッチでも……」

「お安いご用よ。ハムとトマトでいい？　ああ冷蔵庫にステーキがあったんだわ。いかが？」

デイブはつばをのみこんだ。「いい暮らししてるんだなあ。ぼくなんかステーキはおろか挽き肉だってめったに口に入らないですよ」

「今晩ジャロッドが食事するだろうと思って買っておいたのよ」

「それだったら、ぜひ」デイブはうれしそうに笑った。「兄貴のお腹に入るはずのものをぼくが食べるなんて、これは楽しいや」

ブルックは二十分間ぐらいで食事を用意し、皿の上でじくじく音を立てているステーキをテーブルに運んだ。

デイブは目を輝かせて皿を眺め、驚くべき食欲でまたたく間に平らげた。満足そうである。「おいしかったです。あなたみたいな人が毎日ぼくに料理してくれるんだったら最高ですね」

「そんなに料理の手間はかからないのよ。こんなのでいいんだったら自分で作れば？　あなたの場合、お医者さまの修行中なんだから奥さんを持つのはまだ早いし」

「ぼくはだれかと結婚するって言いましたか？」デイブは怒ったように言った。「……兄貴があなたに夢中になるのも無理ないなあ……」その後の彼の声のトーンが変わった。

「現代は寛容の時代なんだって。なんでも許される時代なんだ……」

「世の中にはモラルもなにもないという意味？　ちょっと気に入りさえすれば、だれとでも簡単にベッドに入るということ？」ブルックは舌打ちした。デイブのからかうような調子が気に入らなかった。彼女はさっさとキッチンへ行って、大きな音を立てながら皿洗いをはじめた。

デイブもついて来た。「あなたを困らせようと思って言ったんじゃないんですよ。ただぼくの周囲の連中には、そんなのが多いというだけですよ。みんな気軽に遊ぶんですよ」

ブルックはデイブの視線を避けながら強い調子で言った。「あなたもその仲間なの？」

彼は真っ赤な顔になった。「いいえ、あの……ぼくは……だけど男はみんな」

「わかったわ！」ブルックは容赦ない語調でつづけた。「もうそれ以上なにも言わないで！」

「ぼくにお説教できるの？」デイブはいやな声で言った。「堅苦しい態度をとって見せたって、兄貴とベッドをともにしているのをぼくは見ているんですよ！　家中の者が知ってるんですよ！」

「ジャロッドが本当のことをお母さまに話してあるわ」怒りに満ちた声で答えた。

デイブの声もますますとがっている。「あのとき怖い夢をみたんだって？　信じないよ。いつも兄貴と寝てるんだろう？　夢をみたなんて嘘《うそ》で父や母をだましたんだろう！」

「デイブ！」

「あのとき兄貴に強く抱かれたじゃないか！」

スローモーション映画のひとこまのように、ブルックの右手が宙を横切りデイブの頬に強烈な衝撃を与えた。彼女自身信じられない行動だった。が彼女は後悔しなかった。「自分の物指しで他の人を判断するのはやめなさい、デイブ」

デイブは頬を痛そうに押さえながら言った。「よくもやってくれたね。お返しさせてもらう！」

さっき部屋に入って来たときのデイブとはまったくちがったデイブだった。彼女はキッチンの隅まで追いつめられた。「馬鹿なことをしないでデイブ。後悔するわ！」

「後悔しても、それだけの価値のあることだよ。ぼくは兄貴を尊敬しているよ。世界中のだれよりも。だけど、だけど……」デイブはブルックの青ざめた頬を撫《な》で回した。

「これが尊敬しているお兄さんの婚約者にすることなの！」彼女は叫んだ。

デイブは体つきもジャロッドによく似ている。猪突《ちょとつ》猛進して来るところも同じだ。

「あなたがそうさせたんだ！　ぼくへの冷たさがそうさせるんだ！」

「デイブ、あなたおかしいわ！　ジャロッドに殺されるわ！」

「殺されたっていいさ……。だけどぼくはこのことを言わないし、あなただって言うはずないさ。もし言ったら……。そうだ。あなたにここに招待されて誘惑されたって言ってやる！」

「あの人がそんなこと信じるものですか！」

「信じるか信じないか賭《か》けてみる？」デイブは少しかがんで唇をブルックの喉に這《は》わせた。

「やめて、そんなこと！　デイブ、おねがい」

彼は無言で彼女を引き寄せキスしようとした。ブルックがもし動転していなかったとしたら、女性を誘惑しようというのに少しもロマンチックな雰囲気のないこんな場所で行動に出たデイブのそそっかしさをおかしがったことだろう。洗いかけの食器類がそこここに転がっているのである。

やがてデイブが彼女をリビングルームへ引っ張って行った。そしてソファに座らせると自分も横に座った。ぴったりと体を接触されてブルックはジャロッドとの夜を思い出してしまった。

デイブが唇を求めたとき彼女はジャロッドと錯覚した。ジャロッドは接待のために出かけて行ったのではなく、いまここにいてくれるのだと心に描いた。

ブルックのデイブへの抵抗はやんでいた。彼のキスに反応こそしなかったもののその腕の中で静かにソファに横たわった。

「ブルック、きみが欲しい。いいだろう？」デイブはかすれた声で囁いた。

「残念だけど、ぼくも同じだ！」二人の真上から強く抑えた声が聞こえた。「ぼくに優先権があるはずだ！」

デイブはひと声聞いただけでさっとソファから飛び起きた。「兄さん！　どうしてここへ」

ブルックも同じことをききたいと思ったが、ジャロッドの険しい目の色に気づいたとき、きかなくてよかったと胸を撫で下ろした。ジャロッドは彼女を見ようともせずデイブをにらみつけている。ブルックはソファの上に起き上がり、見知らぬ人たちを見るような目で兄弟を見つめていた。

ジャロッドはネクタイを外し、シャツを脱ぎながらデイブに答えて言った。「おまえと同じ目的だろうよ。だがね、ブルックもひと晩の内に二人の男に声を掛けるというんだからたいしたものさ」

ブルックは彼のきめつけた言い方に息をのんだ。

「ジャロッド！　ちがうの！　わたしは……」

「……ぼくが舞い戻って来るなんて考えてなかったというんだろう？　どうせそんなことさ。事実はもう隠しようがないじゃないか」

デイブは顔面いっぱいに不愉快さを示しながらブルックに言った。「兄貴が来ること、あなたははじめから知ってたんじゃないの？」

ジャロッドが彼女の返事を遮《さえぎ》った。「ブルックに、知らなかったとは言わせないぞ。ぼくは毎晩ここへ通っているんだからな、結婚を説得するために。承知しないとすればブルックも馬鹿な女さ」

デイブはドアに向かって歩き出しながら言った。「ぼくに言わせれば兄貴こそ馬鹿だよ。……ぼくがキスしたときブルックはそんなに抵抗しなかったんだぜ」

「そんな！　そんなことないわ！」

ジャロッドは憤怒の塊のような顔つきで立ち上がった。「デイブ。おまえ、キスしたんだと！」

舌がすべりすぎたことに気づいたデイブは蒼白《そうはく》になった。「ぼくはただ……」言いながらドアのノブに手をかけた。「……だけど、したらどうだっていうんだい？　ブルックは抵抗しなかったんだよ」

「デイブ。嘘をつくなんて卑怯《ひきょう》よ！」彼女は語気鋭く言った。「あなた、わたしを脅迫したんじゃないの！」

「なんだと言っておどしたんだ」ジャロッドは弟に迫った。

デイブは怯《おび》えている様子である。それを見たブルックは可哀想な気がしないでもなかった。ジャロッドが帰って来さえしなかったならば、二人の間の出来事はかりそめの過失としてお互いに忘れることができた程度のことだったかもしれない。それをジャロッドがほじくり出してこんなにさわぎを大きくしてしまったのだ。

「デイブ、どうやっておどしたんだ。言ってみろ」

デイブはうつろな笑い声をあげた。「ぼくはおどしたりなんかしていなかったよ」嘘をつき通す構えのようだ。「あれを見てごらん。ブルックはぼくにご馳走してくれたんだ。そんな楽しい食事の後でそんなことできるわけないじゃないか。……ああそうだ。明日は朝七時から病院の当番だったっけ。帰らなくっちゃあ。ブルック、食事ありがとう」

ブルックはデイブが去った後、すがるような目でジャロッドを見つめた。「全然事実とちがうわ」絶望した声である。「わたし食事を用意してあげたわ。だけどキスするように誘う素ぶりなんか見せなかったわ」

ジャロッドは冷たい一瞥《いちべつ》を彼女に送る。「男を食事に招いたりしたら、もうひとつ先のことにも招待したと、とられてもしかたがないじゃないか」

「わたしが招《よ》んだんじゃないわ。突然勝手に向こうから来たんです」

「ええ？　本当？」皮肉な調子で彼は言った。

「本当だわ。わたしを信じてくれないんですか？」

「偶然にしてはできすぎてるよ。ここ二週間の間でぼくがきみのところにいなかったのは今夜だけだ。そういう夜、デイブが偶然にねえ……」

「どうかわたしを信じて、ジャロッド！　あなたと行きちがいになってしまって、わたしたち笑ったくらいなの。デイブったら、ついてるだなんて言ったりして……」ブルックは自分のうっかりした言葉で事態をいっそう悪化させたことに気がついた。

「なるほど。ぼくがいなかったんで二人ともついてると言って喜んだんだな」

「どうしてお帰りになったんですか？」

「どうしてって……もうぼくはわからなくなってきたよ」

「でもなにかわけがあるから来たんでしょう？　さっきお出かけのとき、明日会おうとおっしゃってたじゃありませんか」

「理由はあるとも。……きみだよ。きみのためだよ」

「わたしのためですって？」

「そうだ。きみのことを思いながらビジネスの話なんかできるはずがない。結局失礼にならないタイミングを見計らって、今夜は仕事はよしにしたんだ」彼は唇をきっとかみしめてつづけた。「そのあげく弟ときみが抱き合っている現場に出くわすとはねえ」

「想像していらっしゃるようなことじゃないわ」

「もしぼくの可愛がり方が不十分なんで、きみは他の男に満足を求めるんだとしたら、とっくの昔にきみをぼくのものにしておくんだった」ジャロッドはそう言って彼女に近づいた。「いまからでもおそくはないと思う……」

「気持ちはわかるけど、ジャロッド。デイブとわたしのこと誤解してるわ」

「デイブのことはもう言うな！」彼は乱暴に言った。「ぼくがこの目で見た程度以上に進んでいないとしてもだ。同じことの繰り返しは絶対許さん！」彼はやすやすとブルックを抱き上げ、寝室に運んでベッドの上に放り出した。「きみにひざまずかせるまで待とうと思っていたんだが、それでは悠長すぎることがよくわかったよ。ぼくはもう待たない。待てない。ぼくはきみが欲しいし、きみも同じ気持ちだとすれば……。なにがなんでも、いま、ぼくのものになってもらおう！」

ジャロッドはいくつかのボタンがちぎれて飛ぶのもかまわずにシャツを乱暴に引き裂いた。

ブルックは逆らった。「ジャロッドおねがい！　こんなやり方じゃいや！　どうかやめて！」

「駄目だ！」

ブルックには彼のキスもその愛撫《あいぶ》も苦痛でしかなかった。辱めを受けているような気持ちだった。「ジャロッド、あなたが怒るのも無理ないと思うわ。でも……わたし……いまはあなたを愛する気にならないの……」

「そんな簡単にいきはしないよ。大勢の人がわれわれの結婚式はいつかと首を長くして待ってるんだぜ。きみがあのパーティーでしゃべってくれたおかげでね。……よし、みんなに結婚式の正確な日取りを知らせてやることにしよう。三週間後だな。きみは三週間後にぼくの妻になるんだから、そのつもりで」

8

「こんなことがあっても、まだ……」

ジャロッドの全身から怒りが消えていくように見えた。「そう、こんなことがあってもだ。だけど言っとくが、今後もしまた他の男に抱かれるようなことがあったら、ぼくはきみを生かしてはおかないぞ。もちろんその男を先に始末した上でだが……」

彼の言葉はおどしではなく本気のようである。ブルックは言った。「こんなことはもう二度としないわ」

ジャロッドはベッドから起き上がり、乱れた髪を撫《な》でながら言った。「わかったみたいだね。わかればいいんだよ。じゃあ、なにか着なさい。そんなみっともない格好してないで」彼は言い捨てると、さっさとリビングルームへ行った。

彼女は大急ぎで破れたシャツを黄色のTシャツに着替え、裾《すそ》を小さなお尻《しり》のあたりまで引っ張り下ろしながら、つづいてリビングへ行った。「シャツを破ったのはあなたよ。みっともない格好と言ったって……。おまけに、わたしのことをまるで……」

「浮気をした尻軽女みたいに扱った……って文句を言いたいんだろう」

「そうだわ！」彼女は力いっぱい叫んだ。

「まあお互いさまというところだ。ところでアンジーのプレゼント持ってるみたいだね、大切にして」

「えっ？　もう一度言ってください」

「きみの寝室にあるぼくの肖像画のことだよ」

「持ってなかったらアンジーに失礼だわ」

「なにも寝室に飾っておく義務はないぜ」

「でもリビングルームには置けないわ。他のお客さまたちにあなたの高慢ちきな顔を見せる必要ないし……」

ジャロッドは自分で用意したウイスキーのグラスをひと息に空けた。「だから寝室に飾ったというのかい？」

「いったい、なにが言いたいんですか？」

「自分の本心を知るのが怖いんじゃないかな」

「わたしの本心はわたしが知ってます。あなたが勝手に作りあげたわたしの本心なんて聞きたくもないわ。第一ね、わたし、あなたに力ずくで二回ほど寝室に引きずりこまれたけど、その他の男の人は一度だってあの部屋へ入ったことないんですからね」彼女は左手から婚約指輪《エンゲージリング》を抜き取った。「これ持って帰って！　出て行って！」

「結婚を間近に控えてるんだよ」

「どんなことがあったって、あなたとなんか結婚するものですか！」ブルックは本心に反した言葉を投げつけた。もし彼が愛を示してくれさえしたら！

「心からそう言ってるの？」

「本気ですとも。わたしの体を支配して、それで結婚を承知させようったって無駄よ。あなたは恋人として楽しくないわ。デイブだって……あなたほどあちこちで経験を積んできていないデイブだって、あなた程度に女性を楽しくさせる方法を心得てるわ」

「そうかね？　ぼくの考えてる以上にデイブと進んでるんだな。しょっちゅう来るのかいデイブは？」

「来たいと思ったときに来てるわ」

ジャロッドは脱ぎ捨ててあった上着を手に取った。「ふしだらな女だな、きみは！」語調を強く抑えて彼は言った。「指輪はとっておけ。デイブじゃ到底それほどのものは買えないからね」

「わたしたち結婚するつもりはないわ」

「というと結婚の可能性について話し合ったわけ？」

「結婚ということについては話が出たわ。でもわたしとデイブの結婚じゃないわ」心の奥ではジャロッドに飛びついていき、その腕に抱かれたいと熱望しているのに静かに話せる自分が不思議でならなかった。

「結婚はぼくと、浮気は弟というわけか」

「あなたと結婚するっていつ言いました？　仮にあなたと結婚することになったところで、あなただってハワード夫人との関係をかげでつづけてるじゃないですか」

「そいつは……」

「問題がちがうって言うの？　あなたらしいわ！」

「とにかくきみはデイブと関係を持ったということだね？」ジャロッドはしつこく繰り返した。

「そうよ！」ブルックは言った。彼が望む返事をしてやれ、と自暴自棄な気持ちだった。

「覚えてるかい？　きみには驚かされることばかりだって前に言ったこと」苦い汁をのんだように彼は言う。「だけどこれほどまでとは思っていなかった」

「お別れね……」ブルックは元気なく言った。「さよなら、ジャロッド……さようなら」

「じゃ……さよなら」ドアがばたんと大きな音とともに閉められた。

すべては終わったのである。こうなるしか他に道がなかったんだわ。どっちにしても本当のわたしの気持ちを見抜けないで侮蔑《ぶべつ》的な態度をとる男性とはいっしょに暮らせない。そんな生活は地獄よ。新聞の婚約記事からはじまった一連の出来事はみんなわたしのせいだと、あの人はきめつけていた。だったらいまここでわたしが罰を受ければいいんだわ。わたし甘んじて報いを受ける！　あの人は非の打ちどころのない女性を妻として思い描いてるんでしょう。そしていまわたしは、わたしは……あの人の目には失格者としか映ってないんだわ。

土曜の朝、ブルックはみじめな気分で起きた。正午までに掃除と片付けが済んだ。部屋の壁が彼女を押し包んで迫って来るような錯覚にとらわれる。こんな気持ちで週末の夜をひとりで過ごせない！

何人かの友だちに電話を掛けた後、ナイトクラブへ出かけるプランがあるという二人の女友だちに合流させてもらうことになった。しばらく顔を合わせていない女性たちだが、ユースホステルで知り合いになり親しい交友がつづいている仲間であった。

デビーとリネットというその女友だちはタクシーで彼女のフラットへ迎えにやって来た。二人ともブルックの〝ハンサムな婚約者〟のことを聞きたくてうずうずしていた。まだ彼に会ったことはないのだが、新聞の社交界のコラムで写真を見たことがあるのだ。

三人はナイトクラブでダンスフロアをすぐ目の前にした予約テーブルに案内された。席につくやいなや、ブルックは二人から質問攻めに合った。土曜の夜の時間を持て余している婚約者なんて奇妙な存在だから、彼女らの好奇心も当然であった。

「婚約どうしちゃったの？」デビーがたずねた。「気持ちが変わったなんてこと、まさかないんでしょう？」

ブルックはレモネードで割ったドライマティーニをひと口飲んでから言った。「わたしたち、うまくいきそうにないの。それがはっきりしたのよ」

リネットは目を丸くした。「なに言ってるの！　理想の恋人じゃない！　あの人素敵よ！」

ブルックは軽くほほ笑んでみせた。会社の同僚やリネットのような友人たちに、婚約破棄のことは話さねばならない。だが、ジャロッドを愛している気持ちにはまったく変わりはないのだ。

クラブの中は次第に混雑してきていた。

「ハンサムと言うだけじゃまだ足りないみたいよ、あの人」デビーである。「灰色の目が素敵だわ。何週間か前に雑誌で写真を見たの。ブルックが婚約したって聞いたとき、なんてラッキーなんだろうって羨《うらや》ましかったわ」

「ああ、お祝いのカード送ってくださったわね。ありがとう……。でもね、あの灰色のセクシーな目がときに意地悪になったり、雪みたいに冷たくなったりすることもあるのよ」

ブルックは肩をすくめた。

「あなたにはそんな目は見せないでしょう?」リネットがちょっと驚いたように言う。

「信じないようね。あの人、そういう薄情なところがあるの、本当に。あの人の目から見れば、わたしは奥さんとして不足なのよ」

「あなた、それほど元気なくしていないみたいだけど、惜しいわ。惜しいわよ」デビーが同情するように言った。

「いいえ、やっぱりショックを受けてるわ。当然だと思うわ。だれだってまちがいを認めるのは残念なことでしょう? でも結婚の後でなくてよかったと思ってるの。彼が抱いている妻というもののイメージと、わたしの考えが大分ちがうんだわ」ジャロッドが抱く妻のイメージ……夫が他の女性と公然と情事にふけるのを寛大に許容する妻。そんな妻には絶対になりたくない!

十分ほどするとクラブに他の仲間たちも現れた。みんなデビーやリネットのように、ブルックの婚約についてあれこれ詮索《せんさく》したが、漠然とした回答で満足せねばならなかった。女性六人に男性六人。ブルックは以前のように楽しく飲み、食べ、冗談を言い合い、ジャロッドのことは心の片隅に追いやった。

「本当にミスター・ストウンと別れたの?」ジェリーがきいた。英国史の勉強のためロンドンに来ているアメリカの男の子である。

「婚約は破棄したわ」ブルックは言った。

ジェリーは笑った。長身だがひよわな感じだ。ブルックは前に彼と何度かデートしたこともあったが、特別に恋愛関係に進むまでのことはなかった。「完全におしまいにしたのか、それともちょっとしたいさかいで……なんて言うかな、そう恋のかけ引きで、しばらくの間？」

「前の方だわ」

「そりゃあいい」そう言ったジェリーはブルックのびっくりした表情を見て恥ずかしそうにした。「ごめん、ごめん。つい……。ぼくの個人的感想だよ」

「個人的ってどういう？」

ジェリーはぐっとウィスキーをのみこんでから言った。「きみがあの男と婚約したと聞いてぼくはがっかりしてたんだ。デートしてたころからぼくは、きみが好きだったんだもの」

「そうだったの？」

「うん、そうだったんだ。いや、いまでもそうなんだ。いまはきみも気持ちが混乱しているだろうけど、立ち直るためのどんな応援でもするよ」

「慰めてくれてるのね」ブルックは微笑した。気持ちが楽になるのを感じた。こういう男性とだったらいつもゆったりした気分でいられるわ。それにくらべるとストウン家の男たちは気づまりで、なにをされるかわからないところがあり、いつもびくびくしていなければならないんだわ。

「踊ろうか?」ジェリーが誘った。

スローな音楽に合わせて踊りながら、二人はしゃべったり笑い合ったりした。喉《のど》の渇きを覚えるとテーブルに戻っては乾杯した。

そのときだった。彼女は一組のカップルがフロアに出て来るのを見た。ジャロッドとサリーナ・ハワードである。ジャロッドもすぐにブルックに気づいて、あからさまな軽蔑《けいべつ》のまなざしを送っている。

ブルックはぷいと横を向いたが、顔がみるみる青ざめていく。「座りましょうか、ジェリー」

彼女はわざわざジェリーとくっついて腰掛け、ジャロッドらには背中を向けた。これ見よがしにサリーナとこんなところまで押しかけて来るなんて! 腹の中が煮えたぎるようだ。

「ブルック」ジェリーが彼女の手に触った。

「え?」彼女は弱々しく笑う。「ごめんなさい、ジェリー。わたし急に頭が痛くなってきたの」

「家まで送ろうか?」

逃げたとジャロッドに思われるのもしゃくだわ。なんにもなかったような平気な顔をして残っていよう。「なにか飲めば治るかもしれないわ」

ジェリーはボーイを呼んで飲み物をオーダーした。「飲んで、リラックスしたほうがいいよ」

リラックス！　ついさっきまでブルックは十分にリラックスして楽しんでいたのだった。それもジャロッドの突然の登場のために……。

ボーイが運んで来た冷たい飲み物を飲んでから彼女ははしゃぎにはしゃいだ。十分に遊んでみんなが帰る段になっても彼女は残ると言い張った。デビーとリネットが心配したが、ジェリーが家まで送り届けることになり、二人を残してみんなは引きあげて行った。

ブルックはジェリーと踊りつづけた。ときどきクラブの中を見回したがジャロッドの姿はない。もう帰ったのだろうか。

十二時半をすぎたころ、彼女はお化粧を直すために化粧室に入った。乱れた髪にブラシをかけ、口紅をつけ直して化粧室を出たときだった。彼女はだれかに腕を強くつかまれた。そのつかみ方で、ジャロッドであることはすぐにわかった。

「まだゲームをつづけているつもりかい、きみは」前置きもなにもなくジャロッドは言った。「ボーイフレンドとここに来るなんて、なんの真似《まね》だい？」

「ここに来ちゃいけないって言うの？」ブルックは力いっぱい腕を振り払ったが、痛い思いをしただけである。彼ががっしりとにぎりしめていたからだ。「別にあなたの許可をもらう必要ありませんわ」

「許可とかなんとかじゃないけど、ぼくはこのクラブの共同経営者なんでね」

「知らなかったわ。じゃあ、わたしに出て行けっておっしゃるの？」

「出て行かなくてもいいが、あの男はいったいだれなんだ」

「あなたに関係ないわ」

ジャロッドは口許《くちもと》をゆがめた。「関係ないことはない。ぼくはまだきみとの婚約を解消していないんだぜ。ここへ他の男と来られたりしては他人《ひと》の目もあるしねえ」

「他人の目ですって？　わたしはあなたほど有名人ではありませんから他人の目なんか恐れません。あなたのお連れの目だって恐れないわ」

「ぼくの連れ？　だれのことかな」

「とぼけたって駄目よ。さあ行かせて！　ジェリーに心配させたくないわ」

「そうか、ジェリーっていうのか、あの男。前から知ってるのかい？」

「ずっと前からよ。あなたより先よ」

「どんな関係なんだ」

「ご想像にお任せします」

「なるほど」彼は怖い顔つきをみせた。「さて聞かせてくれるかい？　このゲームはいったいなに？　どんな反応を期待してるんだい？」

「別に……。彼女のことを否定しても駄目よ。わたしはなにも恐れるものはありませんけど、あなたこそ彼女といっしょのところを見られて……」

「彼女とは……サリーナのことだろうけど。きみはぼくがサリーナといっしょにいると気になるのかね？」

「関係ないわ！　あなたとサリーナのことはもうとっくにわかってますからね」

「気になるのかどうか……それに答えなさい！」

「全然気になりません！　わたし失礼します。彼のところに帰らなければ」

ブルックは残っていたカクテルを飲み干した。この夜、七杯目のアルコールだった。

「踊りましょうか？」彼女は明るい声で言った。

「オーケー」ジェリーは即座に立ち上がった。

スローな曲が流れていた。彼女はジェリーに体を預けて踊った。ジェリーもかなりハンサムな青年である。その上話していてとても楽しい。彼女はいま、打ちひしがれた心の避難所を痛切に欲しているのであった。

「出ようか？」ジェリーは踊りながら彼女の喉に唇を這《は》わせて言った。

「ええ。でももうちょっといいでしょう？」

「二時だよ、夜中の。おそくなりすぎないかな」

「けちけちしないで。大学は朝おそくてもいいんでしょう？」

「大学のほうはどうでもいいんだけど」彼はつぶやいた。「何時に家へ帰る？」

ブルックは彼を非難するような目で見た。「まだ時間はたっぷりあるじゃない！　せっかくわたし楽しんでるのに」

「ぼくもだよ」彼は唇を彼女の口の近くに寄せて言った。「だけどもっと楽しくなることを知ってるんだがなあ」

「ちょっと失礼！」怒ったような大きな声が二人の会話の邪魔をした。

ジャロッドだ。二人は踊るのをやめた。ジャロッドはいまの会話を聞いたにちがいないわ。ふざけ合っているような二人のやりとりから、ジャロッドはまたいろいろ想像をめぐらしていることだろう。

肩をそびやかせてジェリーは彼と向かい合った。「なんですか？　なにかご用ですか？」

ジャロッドは冷たくジェリーを見て言った。「きみじゃない。ブルックに話があるんだ」

「彼女はぼくの連れですよ」勇気ある態度である。ブルックと同じくらい飲んだアルコールのおかげだろう。「話があったらぼくのいるところでしてください」

「どうかなあ。ブルックとの話はまったくプライベートなものなんだがね」

「ぼくたちはお互いになんにも隠し事を持たない仲なんですよ」

ブルックはきっとした顔でジェリーを見やった。何回かデートしたことはあったけれど、彼の言うような親密な間柄ではなかったはずである。だけどジェリーのけんか腰を責めるわけにはいかない。ジャロッドのように高慢ちきな態度をとられれば憤慨して当たり前だもの。

「いいだろう。とくに秘密の話ではないから。テーブルへ行こう。フロアの真ん中では目立ちすぎる」

ブルックはうなずいた。数分前の、アルコールと音楽で醸し出された楽しい雰囲気はどこかへ吹き飛んでいた。

「ブルック、きみは大勢の人の前で程度を越したさわぎ方をしているのに気がつかないのか。酔っ払ってるね。みっともない」

「なによ！」

「それにきみもだ」ジャロッドはいきり立つジェリーに対してもぴしっと言った。「彼女に失礼な態度をとるのをやめないんなら……殺すぞ！」

ものすごい言葉を、周囲をはばかって穏やかに口にしている。それだけに本気で怒ってるとブルックは感じた。ジャロッドが嫉妬《しっと》するはずはない。だがひょっとしたらこれは嫉妬では？

ジェリーは肝をつぶしたらしい。迎合するような笑いを浮かべて言った。「失礼のつもりじゃなく、彼女も喜んでいたと思うんですが……」

「そういうこともあるだろう、ブルックは。だけどだ、ぼくに対して礼を失わないよう気をつけてくれ。ブルックはぼくの婚約者だ」

「あっ、それではあなたがミスター・ジャロッド・ストウン！」

「そうだ。わかっただろう。ぼくのうれしくない気持ちが」

「はい、わかります。だけどブルックはあなたとは婚約破棄したんだと言ってましたよ。だとしたらミスター・ストウン、あなたの立場は……」

　ブルックはぎょっとした。

「いまのところ二人が少しもめてるのは事実だ。だがそれだけのことだ……。ブルックはぼくに当てつけるためにきみとこうしてここにいるんだ」

　ジェリーは納得したように笑った。「そういうことですと、ブルックの思惑どおり、大成功というわけですね」

「ブルックをつけあがらすんじゃない！　さあ、ぼくの話は終わりだ。彼女を連れて帰るから、きみも了解してくれ」

「わたしはいやよ。あなたとは帰らないわ」

「ぼくは困ってしまいます」ジェリーは、ジャロッドのさっきの言葉にまだ恐れをなしていた。「それではぼくがブルックをお送りします。ここに来るときいっしょに来たものですから」彼は嘘《うそ》をついた。

「だいじょうぶか？　責任持てるかね？」

ジェリーは立ち上がり、ブルックにも立つよううながした。「はい。お目にかかれて光栄でした。ミスター・ストウン。ドアまでお見送りいただかなくても結構です」彼は先に立って歩き出した。

ブルックがハンドバッグをとろうとする腕をジャロッドが引きとめた。「放して！　わたしあなたの持ち物じゃないわ！」

「デイブは知ってるのかね、きみの新しいボーイフレンドのことを」

「デイブ？　どうして？　わたしはだれともそんな束縛される関係じゃないわ」デイブと深い関係を持ったとジャロッドに嘘を告げたことはすっかり忘れていたのである。

「そうなのか。だれかに束縛されるのはこれからだと言うんだね」彼は静かに言った。

「おやすみ」

「おやすみなさい」ブルックはジャロッドの態度の急激な変化をいぶかしみながら言った。

ジャロッドはクラブの玄関先までついて来た。ジェリーが「おやすみなさい。ミスター・ストウン」と挨拶《あいさつ》したのに返事もせず踵《きびす》をめぐらして奥へ入って行った。クラブの前にならんでいるタクシーのひとつに乗り、ジェリーはブルックの住所を運転手に告げた。

「ずいぶんはっきりした人だね。きみのミスター・ストウンは」

「わたしのミスター・ストウンじゃありません」彼女は機嫌を悪くした。

「あの人のほうはそう思ってるにちがいないよ」

「わたしにいやがらせしただけよ」

ジェリーは首を横に振った。「ぼくはそうは思わない。ぼくと仲よくしてるきみを見て気がおかしくなったみたいだったよ」

「やきもちからじゃないわ。そんなことないわ！」

「ぼくに当たったってしようがないよ。事実を言ってるだけさ。大勢他の人がいる場所じゃなかったらぼくはなぐられてるところだったよ。殺すっていう言葉も本気みたいだったぜ」

タクシーがフラットの前に着くとジェリーは言った。「ぼくは中に入らないほうがいいだろう？　コーヒーはいらないよ」

「ジェリー、ありがとう。いつかまたきっとね。連絡して」彼女はジェリーの心づかいがうれしかった。

「うん、ぜひね」彼はブルックの唇にそうっとキスした。「じゃおやすみ、ブルック」

ブルックはすぐにシャワーを浴びた。アルコールの影響は消えかけていたが、こめかみがずきずきと痛んだ。シャワーの温水はいくぶんその痛みを軽減してくれたが心の中の自己嫌悪はいっこうに去らなかった。ジャロッドのせいで、ジェリーとの楽しい夜も台なしにされたわ。でも……ジャロッドが正しかったんだわ。認めたくないけどそれだけ認めざるを得ないわ。わたしは今夜自分で自分を安っぽく取り扱おうとしてたんだわ。

さっぱりした気分になり、濡《ぬ》れた髪を黒ビロードのリボンで押さえ、胸にタオルを当てて浴室を出た。寝室に入った彼女の頬はさっと色を失った。

「ジャロッド!」ベッドに長々と寝そべっているジャロッドを見て彼女は叫んだ。「なにしてるの、いったい?」

じろじろとタオル姿のブルックを観賞しながら彼は言った。「決まってるじゃないか。きみを待っていたんだよ」

9

「わたしを待っていた?」

「そう。さっきの様子が気になってね。きみは今夜あたり危ないという感じがしたんだ。だったら他の男に任すわけにはいかない」

「危ないですって? とんでもない!」

「いや、さっきはそんな感じだった。だがいまはどこか悪いみたいだ。だいじょうぶか」

「病気じゃないわ」

「そう言えば飲みつづけてたからな。死人みたいな顔をしているよ」

「頭が痛いことは痛いけど」

「陳腐な言い訳だよ、そんなのは」

「言い訳って、なんのための言い訳が必要?」

「彼と寝ないことの言い訳さ。ボーイフレンドはどこへ行った?」

「ジェリーはボーイフレンドじゃないわ。そんな面倒な言い訳しなくたって、わたしは、いやなときにはいやとはっきり言うわ。ノーのひと言で済むことじゃない」

「ぼくは今日、ノーのひと言なんか受け付けないぜ。そう思ってやって来たんだから」

ブルックが身に着けているものといえば、辛うじて太腿まで届くタオル一枚である。無防備もこれ以上ないといったところだ。ジャロッドは彼女の腰に手を回した。肩から腕へと唇が滑る。

「わたしじゃなく、あの人とどうぞ」

「あの人とはサリーナのことだな。チャールズといっしょだろうと思うよ、いまごろ」

「チャールズはあなたたちが今晩デートしてたことを知ってるんですか?」

「知ってるとも、むろん」

「チャールズの愛情を疑うわ。妻が他の男性と交際するのを平気だなんて」

「彼の愛情のことまでぼくは知らないけど、あのナイトクラブに今夜彼もいたことは確実だね。われわれは総勢八人で行ったんだ。きみにはわからなかったんだろう?　なにしろジェリーにしがみついていたんだからね」

「八人?　あなたのパートナーはどなただったの?」

「スージーだ。真っ黒な髪の美人だ」

「サリーナの都合が悪かったらその人と夜を過ごせばいいじゃないですか」

「ブルック!　ぼくは今日スージーと会ったばかりなんだぜ。そんな短い知り合いとけた。

「笑わせないで！　あなたらしくもない」

「うん、それはもっともだ……きみ、髪をこうしてみたらどう？」ジャロッドは彼女の頭のリボンをほどいた。髪が肩まで垂れる。「そうしていると少女みたいだよ」

彼は体をブルックに密着させている。彼女の脚は平衡を失ってふらふらした。薄暗いサイドランプだけの照明が雰囲気を作りあげている。ブルックは自分自身の感情に負けそうになった。彼と愛し合いたい欲求にもう抵抗できそうにない。彼女は彼の首に腕を巻きつ

「……」

「素直に自分の気持ちを認めろよ、ブルック」

「認めるわ……」

ジャロッドは勝ち誇るように笑った。彼女の唯一の着衣であったタオルがはらりと床に

落ちた。ブルックは全身が真っ赤になったような気がした。

「きれいだ……きみの体」彼はブルックの手を引いてベッドに上げた。「ぼくの服を脱が

せて」

「いや！　わたしがなにか着るわ」

「ベッドのシーツでも巻きつけてたら？」

彼女はすぐにそうした。シーツで自分をぐるぐる巻きにして、本能的に防衛した。ジャ

ロッドは静かに服を脱ぐ。ズボンをとって無造作に投げ捨てたとき、彼女は顔を赤らめて目をそらせた。彼はすぐにベッドに入って来た。

「いけないことだわ、ジャロッド」

「どうして？　ぼくを欲しいんだろう？」

「でも、それでも……」

「いけないことなんてないさ」彼はまた彼女の唇を貪《むさぼ》り強引にこじあけた。手は彼女の全身をくまなく優しく愛撫《あいぶ》している。

あとは完全にひとつになるだけ！　ブルックがそう思ったとき、ドアのベルがけたたましく鳴った。

ジャロッドはきびしい目で彼女を見た。「だれか来ることになっていたのか！」

「いいえ」彼女は目をぱちくりさせて答えた。

「いったい、どこのどいつだ！」ジャロッドはベッドから下りてズボンを着け、荒々しい足取りで玄関に出て行った。だれだか知らないけど可哀想に！　ジャロッドの気配を見て、彼女はそう思った。

リビングルームから話し声が聞こえる。だれなんだろう？　彼女はベッドから滑り落ち、手早くガウンを身につけて出て行った。デイブだった。

デイブもジャロッドも真っ青な顔で話しているところであった。「どうしたんですか？」

彼女はジャロッドにたずねた。「なにか悪いことが？」

「父が心臓発作を起こしたんだ。すぐ病院へ行かなくては。支度して来るからちょっと待っててくれ」

デイブはばつの悪い顔を見せながらブルックに言った。「ごめんなさい。こんなふうに邪魔ばかりしていて」

「お父さま、だいじょうぶですか？」彼女は心配そうにたずねた。

「だいじょうぶだと病院では言ってるんです。だけど保証はしていません」

「ジャロッドがここにいるって気がついてよかったわ」

「大分前に一度来たんですよ、ここへ。それから行きつけのナイトクラブへ行って。そうしてもう一度ここへ来てみたんですよ」デイブは肩をすくめてみせた。「ここ以外に考えられませんからね」

彼女はデイブの肩に手を掛けて言った。「ジャロッドへのわたしの気持ち、よくお話ししたでしょう？」

「はい、よく覚えています。済みませんでした。二人の間にトラブルを起こしたりして」

それがどれだけのトラブルで、どんな結果を生んだのかデイブは本当に理解できてるのかしら！　それはともかく父親の急病でこの兄弟はいま心配事を抱えているのだ。とがめ立てしている余裕はないのである。

ブルックが寝室に入って行くとジャロッドは服を着終わり、黒い靴をはいているところであった。彼女を見た彼は暗い目をした。彼女は思わず彼を抱きしめた。「心配しないで、ジャロッド。お父さまはだいじょうぶよ。すぐ治るわ」

「そう思ってくれる？」

自信をなくした不安な表情である。はじめてだわ、彼のこんな表情を見るのは。「ジャロッド、だいじょうぶに決まってるわ。お父さまって強い方なんですもの」彼女は元気づけるように言った。

彼はブルックの手を撫《な》でながら言った。「きみみたいに楽天的でいられればなあ」

「なにかわかったら、すぐに知らせてね」

「夜か昼か、どんな時間に結果がわかるか見当がつかないからね」

「わたしはすぐに知りたいの」彼女は強く言った。

「ぼくの家族のことなんて」ジャロッドは言った。「きみにとって重大なことじゃないだろう？　ぼくのことなんか、きみには……」

「ジャロッド！」彼女はえぐられるように心を傷つけられた。さっきまで二人の間で繰り広げられていたことは、単に肉体的な快楽にすぎないというの？

「わかった、わかった。すぐ連絡するから」

それ以上の言葉をかけずにジャロッドはデイブと出て行った。ブルックは自分を取り戻すのに少し時間を要した。また彼に会えるのかしら？　情熱的に彼女を求めたジャロッドの気持ちも、思わぬ中断で潮が引いたまま、それっきりになるのじゃないかしら？　欲望というものはいったんしぼむと、いつまでも色褪《あ》せたままになるものである。彼女には、ジャロッドの気持ちが愛なのか欲望なのか、まだつかみ切れないのだった。

ブルックは朝十時すぎまで、リビングルームのソファに座ったまま、まんじりともせずに過ごした。ジャロッドからの連絡はまだこない。その日一日中、彼女は電話のそばでときにうつらうつらとしながら電話のベルが鳴るのを待った。夜の十一時ともなると体も神経も完全にまいってしまった。食事をする元気も出ずに、彼女はぼんやりとベッドに入った。こんな調子では明日の朝普通に起きられるかしら？　月曜だから会社に行かなければならないんだわ。いくら社長の婚約者だからといって……わたしの気持ちでは元婚約者なんだけどそれはともかく、どんな立場であろうとも、会社に籍のある限り出勤しなければならないんだわ。

ひとり寝がこんなに空虚なものであろうとは知らなかった。長い時間が経ってやっと彼女は寝ついた。心身ともの疲れがいっぺんに出て、それは深い深い眠りだった。

腰のあたりで動くだれかの手。それに胸のふくらみの上でも。

「ジャロッドなの？」おぼろげにそれに気づいたブルックは、物憂そうにつぶやいた。

「ああ」

「どうでした？　お父さまは」深い霧の中からさまよい出て来たときのように、ようやく頭がはっきりしてきたブルックはたずねた。

「ああ」同じように短く彼は答えた。口許《くちもと》に笑みが浮かんでいる。

ブルックはほっとした。もし彼の父がまだ危篤状態にあるのならば、彼はここに戻って来もしないだろうし、このようにほほ笑みを見せたりはしないだろう。そのままブルックは再び眠りにおちいった。ジャロッドが横にいてくれるという安心感に支えられながら……。

翌朝目覚めるともうジャロッドの姿はなかった。彼女は自分の目を疑い、跳ね起きた。浴室を探してもいない。昨夜の彼との会話、あれは夢だったのかしら。

会社に着くとすぐにジーンが体の具合をたずねた。「言わないでジーン。わかってるの、わたし変に見えるって」頭がまだずきずき痛む。

「コーヒー作ってあげようかと思ったのよ」

「ありがとう、ジーン。飲めばきっと目が覚めるわ」

ジーンは湯気の出ているコーヒーカップを手に戻って来た。「お父さまのことでたいへんだったでしょう？」

ブルックはアスピリンを二錠飲んだ。「だれかから聞いたの？」

ジーンはうなずいた。「ラジオで言ってたわ」

「そう?　本当にたいへんだったわ」

「社長も深刻な顔をしてたわ」ジーンは同情のこもる声で言った。

「ジャロッドは出勤しているの?」びっくりしたため熱いコーヒーを飲みこみ、口の中がひりひりした。

「十五分ほど前だったかしら。でもずっと会社にいるみたいじゃなかったわ。服装がカジュアルだったから。手紙だけチェックしてお帰りになるんじゃない?」

「たぶんね」そのとき受付の方へタイピストのモーリーンがやって来た。「おはよう、モーリーン。どうしたの?」ブルックはモーリーンのけげんな顔を見て言った。

モーリーンは戸惑った表情を示して言った。「あなたのお仕事を代わってするようにって言われたの、今日だけのようですけど」

「わたしの仕事を?」ブルックは顔をしかめた。彼女が有給休暇をとったり病気で休んだりするときはいつもモーリーンに代わってもらっているのだが……。

「ミスター・ストウンがわたしに電話で、あなたは今日お休みだって言ったのよ。お父さまのご病気のこともあるし、わたし……」

ジーンが言った。「ちょうどいいじゃない。ブルック、あなた家へ帰って少し眠れば?」

「ありがとう。でも……」頭はがんがん鳴っているし、体全体が鉛のように重い。しかし本人にひと言も相談なくジャロッドが勝手に、わたしが休むなんてみんなに告げるのは許せない。

ジーンは内線電話のベルに話の邪魔をされて顔をしかめた。「はい？　はい。かしこまりました」電話を置いた後、彼女はブルックの顔を見つめながら言った。「もう選択の余地はないわよ。ミスター・ストウンがすぐに社長室まで来てほしいって」

ブルックはただ肩をすくめてみせて、上着を着てハンドバッグをとり専用エレベーターに向かった。モーリーンのいる前でいろいろ反対めいたことを言いたくなかったからだ。ゴシップはすぐに社内に広まってしまうのである。

秘書室のキャサリン・ファラデーはずっと前のような、人を見下した態度ではなく満面の笑みで彼女を迎えた。キャサリンは秘書電話《インターホーン》のボタンを押した。「婚約者のフォークナさまがお見えです」

「入って来るように言ってくれたまえ」

「どうぞお入りください」キャサリンはまたもやこぼれるような笑みを浮かべてブルックに言った。

彼女がノックして入って行くと、ジャロッドは机に向かって来信の整理をしていた。顔は青ざめ、目には暗い色を宿し昨夜の睡眠不足をありありと物語っていた。髪の毛も手を突っこんで何時間もの間引っかき回したようにぼうぼうである。ジーンが言っていたデニムのズボンにデニムのシャツ。ラフでカジュアルな服装をしている。

ジャロッドは彼女を見上げた。「今日、きみが出勤するとは思ってなかったよ」

「そのお気持ちはわかります」ブルックは素っ気なく言った。「でもわたし、昨日一日中あなたの電話連絡を待ってたんですよ」彼の父が危機を脱することができたのか、あるいは病状がさらに悪化したのか、知りたくて切ない気持ちなのである。

彼は深いため息を吐いて、椅子の背にもたれた。「昨夜おそく父は一応危険な状態を脱したんだ。だけど午前二時でね。電話を掛けたりしてきみを驚かせてはいけないと……」

「わたし、少しも時間など気にしませんのに。ただわたし、お父さまのことが知りたくて……」

「ぼくがきみの気持ちをわからないと思うかい？」彼は舌打ちした。「連絡してくれってきみが言ってたからじゃないか。だからぼくはきみの部屋に行ったんだ」

ブルックは思わず体が震えた。「じゃあ、あなたはわたしのところへ……。いらっしゃったの？　昨日の晩」

「そうとも。あれは午前三時をすぎていたかな。きみはよく眠っていたよ」

ジャロッドと同じベッドで寝たのは夢なんかじゃなかったんだ！

ブルックはきまりが悪かった。「そうですか？　でもわたし、あなたに気がつかなかったわ」

「そうだろうね。ぐっすり寝こんでいたもの、きみは。ぼくが強盗でなくてよかったじゃないか。朝七時半にフラットを出たときも、きみは眠りこけていたよ」

「一度だけ目を覚ましたような記憶もあるんですけど……」彼女はハンドバッグのとめ金をもじもじといじりながら言った。

「ああそう？」彼はうなずいた。「じゃこれ以上説明する必要ないね？」彼はまた手紙に目を通しはじめた。

「……あなたを見たような気もするんですけど」

「気がするだけ？」ジャロッドは彼女を見つめた。

ブルックの頬は赤く染まった。「いえ、そんなわけでも……。でも、どうやってあなたが部屋の中まで、それから……わたしのベッドの中に……」

「気をつけたほうがいいよ。あのとき、とにかくぼくは疲れてたんだ。家に帰るのがいやなほど。……それにしても寝ているきみもいいね。眠れる美女という感じだったよ。これからきみといっしょに眠るのがぼくの習慣になりそうだね」

「ただ寝るだけでしたらいつでもどうぞ！」ブルックはわざと軽い調子で言って、はぐらかそうと試みた。

「寝るだけという保証はどこにもない！」彼はきめつけた。「さあ仕事は済んだ。帰る用意はできてるかね？」

「わたし家に帰ります。あなたがさっさといろいろ手配してくださったおかげで」

「今朝はずっと寝ているものと思ったんだけど」

「仕事がありますもの」

「たまたまぼくがこの会社の社長であるわけだが、今日のきみは仕事できる状態だとは思えないね」彼は椅子から立ち上がった。「きみに今日、してもらいたいこともあるんだ」

「どんなことでしょう?」

「父がきみに会いたがっているんだよ」

「お父さまが?」ブルックは驚いた表情だ。

「そう」彼は社長室のドアをあけた。「じゃ行こう」

「お父さまが?……わたしに?」

「何度も言わせるな。デイブは十時には病院の勤務に就《つ》いてるから、父の病院には母とアンジーだけしかいないんだ。さあ行こう」

「はい、わかりました」

秘書室でいろいろ指示をするジャロッドの姿を、彼女は静かに見守っていた。この二日間の出来事による心労が彼の口許、鼻のあたりのしわとなってかげを落としている。ブルックは自分の気持ちがごく自然に彼に向かって流れていくのを感じた。ジャロッドの心を慰めてやれるなんらかの方法がないものだろうか。だが彼女は、同情は受け付けないジャロッドの性格をよく知っていた。

二人はそれぞれの車で彼女のフラットに向かった。ブルックはそこで車を駐車させた後、ジャロッドの車に乗り移った。

「どうしたんだ？　きみ、指輪をしていないじゃないか。すぐにとってくるんだ」彼は冷たい語調で言った。

「わたし婚約はやめにしましたもの。近い内にお返しするわ。いろんなプレゼントも。自動車もよ」

「とって来なさい、ブルック。われわれの間の話し合いは後だ。家の者はみんな結婚するものと信じ切っているんだ」

「まだお話しになっていないの？」

「この週末みたいなさわぎの中で話せると思うかい？」

「それはそうね」彼女は車のドアをあけて外に出た。

「きみを置いて出発しやしないから」

彼の皮肉な調子にブルックは答えなかった。二人ともいまはそれぞれの心の重荷を抱えているのだ。議論したってはじまらないことはよくわかっている。彼女は部屋に駆け上がり、引き出しのロックをあけて婚約指輪を取り出した。こんなちゃちなロックではもし泥棒が入ったときには役に立ちそうにない。しかしいずれジャロッドに返さねばならない宝石類のために、気休めにふだん固くロックしているのである。

ジャロッドは彼女の左手の指を見て満足そうだった。なにも言わずに彼は車を発進させた。

「わたしこの指輪、仮にはめてるだけよ。お家のみなさんにお会いして帰るときにお返しするわ」

「しばらくつけているんだ、ブルック！　われわれの結婚が取り止めになったと聞いても父の心臓に影響ないと確信できるまでは……」

「そんな！」

「言うとおりにするんだ。きみがいくら浮気女で嘘《うそ》つき女だってぼくはかまわない。だけどそんなことを父には教えたくないんだ。父はきみが好きだからね」

「わたしもお父さまが好きだわ」ブルックの瞳に涙の雫《しずく》がきらきら光る。愛している男性から浮気女とか嘘つき女とかレッテルを貼られたからだ。

「父のために指輪をつけていてほしい。ぼくのためにそうするのはいやだとしても。医者からショックを与えてはいけないと言われてるんだ」車は病院構内の駐車場に入った。

「父はね、われわれが本当に愛し合っていると信じているんだ。それにそんなに遠くないうちに孫の顔を見られるだろうと期待してもいるんだよ」

「わたし最初に言ったわ。家族の人まで巻きこむのはよくないって。いま考えると婚約が本当だって周囲の人たちに思わせようとしたのがそもそものまちがいだったのね」

「それにはそれなりの理由があったんだ」ジャロッドはぶっきらぼうに言い、上着を手に持った。

「プライドね、誇り高いあなたの！　はじめはわたしの浅はかな行動からだったわ。でもあなたは人を許せない人間なのね」

「ずばり、そのとおり」彼は車を出て彼女の側のドアをあけに来た。「しばらくの間、欲求不満を忘れなさい。愛し合っている幸せな婚約者同士に見えるようにね」

彼女は怒りで体が小刻みに震えた。「いやよ、わたし！」幸せな婚約者同士？　愛し合っている？　そんな演技などできるものですか？　本当に彼を愛しているこのわたしに。

病室でジャロッドは母とアンジーに対し、彼の住まいに行ってシャワーを浴び、服を着替え、なにか食べるようにすすめた。彼の母は病室に残ると言ったが、彼は強い調子でそうするようすすめた。

ジャロッドの父の様子を見てブルックの心は痛みを覚えた。皮膚はかさかさに乾き、目は落ちくぼみ、体全体が縮んだような感じである。だがブルーの目はしっかりした光をたたえていて、二人が入って行くと喜びで輝いた。

挨拶《あいさつ》が終わった後二人はベッドの横に座り、ジャロッドがあれこれ日常的な雑談の相手になった。ブルックは控え目に耳を傾けている。

「どうした、ブルック？　しゃべらないんだね」彼の父クリフォードが彼女に笑顔を見せながら言った。苦痛をこらえた笑顔のようである。「こんなものを見ても気にしてはいけませんよ」クリフォードはベッドの脇《わき》の心電図やその他の物々しい医療器具を指差した。

「形だけなんだから」

「おかげんがよろしいみたいで、わたしとても喜んでいるんです」彼女はつとめて明るいほほ笑みをみせた。

「来月の結婚式は延期してはいけないよ。それまでにはよくなるはずだから。式に出られないとしても披露パーティーはぜひ見たいね。家でパーティーを開くことにしたらどう？ 楽しみにしてるよ」

ジャロッドの制止する目が彼女の言葉をはばんだ。「お父さん、心配しないでください。お父さんの気持ちはよくわかります。決して式を延ばしたりしませんから気を楽にしててください」

10

「来月、結婚式ってお父さまが……」クリフォードの病室で一時間あまり過ごした後ブルックのフラットに帰って来たとき、彼女は言った。

「われわれの結婚式だよ、もちろん」

「わたしははっきりお断りしたじゃないの」

「ぼくを嫌いとでも言いたいのかね？」

「そうだわ」

「変だな」彼はからかうように言った。「土曜の夜は正反対の印象だったけど」

「土曜日は土曜日です」

「二日間で大きく情勢が変わるってことある？」

「二日間って、場合によっては長いわ。それにわたし、土曜日に婚約したんじゃありませんから」

「そうだったっけ。そう言えば昨日の夜、きみがぼくに体を押しつけて来たときも別に婚約してるからというわけじゃなかったんだね」

「あなただってこと、知らなかったからだわ！」彼女はこの言葉も曲げて解釈されはしないかと思い、言ったとたんに冷やっとした。

「言い合いはよしにしよう。ぼくにはもうきみのことはわかってるんだ」

「あなたみたいに人のこと侮辱してばかりいても、問題は少しも解決されないわ」

「時間はまだあるよ。結婚式の準備は心配ないさ」

「馬鹿げたことと思わないんですか？　一応会場など全部予約して、それから全部キャンセルするなんて。お母さまに本当のことをお話しになったらどうですか。お父さまにはおっしゃらないという条件つきで。そうすれば後でキャンセルする手間を省けるじゃありませんか」

「利己主義者《エゴイスト》だよ、きみは！　うちの母が父のことをどれだけ心配しているか、きみにはわかるまい。きみは自分が迷惑をかけられることだけを恐れているんだろう。安心しろよ、迷惑なんかかけないから。きみは自分の幸せだけ考えていたらいい」

「そんな言い方ひどいわ！」

「はじめからきみは自己中心的だったんだ。自分が侮辱されたと思いこんで婚約発表し、サリーナのことを聞いてすぐ結婚式も来月と発表したんだ。弟を好きなように見せかけた後で彼を突き放し、その上こんどは、わが家の深刻な不幸の中でひっかき回そうというのか。少し引っこんでいてくれよ。デイブにはもう会おうなんて思わないでくれ」

「わたしに指図しないで！　デイブに会いたくなったらいつでも会うわ」デイブと彼女の間にはもうなにも残っていない。だがブルックは意地を張らないではいられない気持ちだった。

「ぼくだけに会っていればいいんだ」

「自分だけがえらいと思って！」

ジャロッドは近寄って来た。「黙らせてやるぞ」彼はブルックを荒々しく抱いた。「ぼくは苦しいんだ。きみとこんなに争いながらまだそれでもきみを……」彼は悔しそうにうめいた。

彼はキスの雨を降らせて、片手で彼女が動けないように押さえつけた。優しさは微塵《みじん》も感じられない。怒りと熱情と侮蔑《ぶべつ》が混合している風だった。

「ジャロッド。やめて！　こんな扱いをなさるならわたしあなたを許しません！」

「許してもらう必要はない。好きなときにきみを手に入れるから、そのつもりでいろ！」

そう言ってジャロッドは彼女をぐいと押しやり、時計に目を走らせた。「時間がないんだ。また病院に行かなくては。それにやる気をなくしたよ」

「心から軽蔑するわ！」彼女はごしごしと唇をこすって言った。「わたしだってそんな気分じゃないわ」

ジャロッドはドアをあけながら、わざとらしい高笑いをした。「病院の後今晩また来られるだろう」

「もう結構よ！」

「来られるかもしれないと推量形で言ったんだ。もしおそくなるようだったら……」

「真っすぐご自分のお家《うち》にお帰りなさい」

ジャロッドは苦笑しながらドアをあけた。「明日も出社しないでここにいてくれ。用事ができるだろうから」

「会社に行くわ。仕事が待ってますから」

「そう言い張るんならばくびだ、きみは」

「そんなに簡単にくびにできないわ、現代では」

「父が病院から出たら復職させてあげるよ」

「そんなの……」

「……フェアじゃないって？　ぼくには都合がいいんだがなあ、そのほうが」

「エゴイスト！」

「ぼくが本当にエゴイストだったら、きみなんか相手にしていないよ、こういう際に。……父だよ。父がきみにまた会いたいと言い出したときの用意だよ。受付の交代要員を探したりする面倒を省くんだ！」

「わ、わ……わかりました」ブルックは彼の恐ろしい見幕に震えあがって、歯をがちがち鳴らした。

「文句ないね？　きみはまったく世話のやける人だよ」

「お父さまのためにわたし今日はここにいることにします。それ以外のことではもう来ないでくださいな」

「きみをものにするという用事が残ってるんだ」

「いやです！　わたしに指一本でも触ったら承知しません！」彼女は空元気で笑って言った。

「口は調法なものさ。なんとでも言いなさい。ぼくの腕の中でも、同じことが言えるかい？」

「出て行って」彼女は拳《こぶし》を固めて腰のあたりにかまえた。「すぐ出て行って！」

彼が去った後、彼女は手近な椅子に腰掛け放心状態でしばらくいた。ジャロッドの言葉に真実があるのだ。彼の腕の中で、彼女は自尊心をかなぐり捨てて一個の原始の女に立ち返るのが常だった。

サリーナ・ハワード。あの人が彼の本当の恋の対象なんだわ。ブルックはうめき声をあげた。非の打ちどころのない夫を持ちながらジャロッドとの仲をつづけているサリーナの秘密がわかるような気がした。ジャロッドの磁石のような性的吸引力は生まれつきの魔性のものにちがいない。どんな女性だってそれに抵抗できるはずはないのである。愛してるわ、ジャロッド！　自分のつぶやきを夢うつつに聞きながらいつしか彼女は椅子の上で眠りに入っていた。夢の中で玄関のドアを叩《たた》く音を聞いた。音がいつまでもやまない。はっと彼女は眠りから覚め、ふらつく足で玄関に行った。腕時計は夜の七時を指している。空腹感がどっと押し寄せてくる。この二日間は実際食事らしい食事をしていないのだ。こんな餓死寸前の状態でジャロッドと言い合う気力などもう残っていない。びくびくしながらドアをあけた彼女の前に立っているのは、ジャロッドではなくデイブだった。「こんばんは。入っていい？」彼はおずおずと言った。

「……まあ、どうぞ」あまり丁寧な応対をする気にはなれない。この間の事件の記憶が生々しいのだ。

そのとき、ブルックは突然目がくらみよろめいた。あいにくそばにつかまるものがなく、彼女は崩れるように床に倒れた。

目が開いたとき彼女は自分がソファの上にいることに気づいた。顔をのぞきこんでいるデイブと目が合った。気力を出して起き上がろうとしても体が言うことをきかない。彼女は自分の弱さを恥じるように力なく笑った。

「お客さまの前でこんな失敗したことないんだけど……。ごめんなさいね」

「出迎えのセレモニーとしては少し異例ですがね。気にしないでください。それよりだいじょうぶ？」

「どうしてこうなったのか原因がわからないわ。急にふらふらしてしまって。馬鹿みたい」

デイブは急に真面目な顔になった。「前にもこんなことあった？　立ちくらみの前歴ある？」

「心配しないでいいわ」

「ふだんと変わった症状があれば注意したほうがいいんです。なにか原因があるはずですよ。ひょっとして……」彼は言うのを躊躇《ちゅうちょ》した。

「なあに？」

「いえ、いえ。……ぼくは知らないほうがいいんです」

ブルックは顔をしかめた。「なにを想像してるの？　デイブ。遠慮しないで言ってごらんなさい。だいたい見当つくわ。わたしたち……ジャロッドとのことをいろいろ邪推してるんでしょう。……わたし妊娠なんかしてないわ。お腹《なか》が空《す》いているのよ。いろいろあったんで食べるのを忘れてたの」

デイブは安堵《あんど》の表情を正直に示した。「全然？」

「コーヒーはずいぶん飲んだんだけど」

デイブは上着を脱ぎシャツを腕まくりした。「ここにじっとしてて。オムレツと甘い紅茶を作ってあげるから」

「わたし紅茶にお砂糖は入れないわ」

「今日だけは」彼は言った。「医者の命令です」

「ジャロッドがあなたのことを注意しろって言ってたわ。冗談でしょうけれど」

「とんでもない。冗談であるものですか。怖いですよ、兄貴は。じっとしてて！」

ブルックは笑った。「動いてなんかいないじゃない。材料は見つけられる？」

「なんとか」

まもなく彼はオムレツと紅茶を作り終えた。ひと口食べひと口紅茶を飲んでブルックは笑い出しそうになったが、真剣に見つめているデイブの顔に気がついて、あわてて笑いを押し殺した。「ええ、とっても上手よ。お料理が」

「栄養分は満点のはずです」

「よくやるわね。ジャロッドなんかこういうことは駄目みたいね。家政婦さんがいるんですって？」

「ええ。だけど兄貴もよく自分で動きますよ。ぼくの年で兄貴は会社をはじめたんだけど、ぼくと同じで父からの援助は拒否したんです」

「そうかしら。そうとは思えなかったわ」

「なにしろ兄貴は働き者ですよ……。少しよくなった？」

「大分いいわ。おかげさまで」ブルックは晴れ晴れと笑った。

「……さてと。弱ったな。実は……ぼくお詫《わ》びに来たんです。兄貴の恐ろしさをよく知ってるものだからあのときあんな嘘《うそ》言ってしまったんです」

ブルックはデイブの手を取った。「いいのよ。わたしたちの婚約はまだちゃんとつづいていますよ。ほらこのとおり」彼女はジャロッドに返しそこなった婚約指輪を見せて言った。

「よかった！　ぼくはあなたの義弟になるんですね。そういう関係に慣れるように努めます……。じゃあ、そろそろ行きます。今日はあやまりに来ただけなんです」

「あやまるのとお食事の世話にでしょう？　デイブ、本当によく来てくださったのね。心からうれしいわ」

ドアをあけながらデイブは言った。「義弟としてのキスしていいですか？」

「義弟としてよ……」ブルックは茶目っぽく言った。

これが義弟としてのキスかしら。でもいいわ、大目にみてあげましょう……。が実際は、デイブに文句を言う余裕などなかったのだ。デイブは後ろから首筋をつかまれ、彼女から引きはがされたのだ。ジャロッドの怒りにあふれた顔がそこにあった。

「出て失《う》せろ、デイブ！」

「兄貴、誤解しないで」

「出てけ！」

デイブは去った。ブルックは部屋に逃げこもうとしたがジャロッドがそうはさせない。

「せめて数週間の間、父が病院を出るまでデイブと離れていてくれ。長すぎるのか？　それほど深く愛してるのかね？　ぼくはこのごろ会うたびにきみに幻滅を感じさせられるんだ……。それでも気持ちが変わらないのがわれながら不思議だ。ぼくとデイブとあの男、ジェリーって言ったっけ？　三人もの男をどうするつもりだい？　ロンドン一の美人というわけでもないのに、これはいったいどういうことなのかな？」

「ご用があったら早くおっしゃってください」

「そうだ。父に明日会ってくれ。十時に迎えに来ることにしよう」

「じゃその時間にお待ちしています」彼女はジャロッドの目を避けながら言った。彼の言うとおり最近は会うたびに悪い印象を与えている。とくにデイブとのことがそうだ。だがジャロッドがデイブにひと言たずねさえすれば、直ちにすべてが氷解することではないか。デイブを問いつめようともしないのは、わたしへの愛が存在しないということなのかしら。それとも余りにも強い彼のプライドがそれを許さないのかしら……。

「さよなら。用事が済んだから帰るよ。おやすみ」

それからの数日間、午前中は病院へクリフォードを見舞いに、その他の時間はひとりっきりで過ごすという生活がブルックにつづいた。彼女はみるみるやせていったが、ジャロッドの家族は自分たちと同じ精神的心労のせいだと解釈して、本当の原因には気づかなかった。ジャロッドもほとんど彼女に話しかけなかったのでブルックは二人の交際の打ち切りを彼から告げられるのを極度に恐れるようになっていた。

そんなある日、ドアのベルが鳴った。

彼女があけるより先にドアをあけて入って来たのは他ならぬジャロッドである。

彼女は突然胸さわぎがしてたずねた。「お父さまが」

「いや父は心配ない。いや実は、今日は結婚式の日取りの打ち合わせをするんだよ。……きみ、忘れていたのかい？」彼はブルックに向かって言った。

ブルックはさーっと青ざめた。ジャロッドはとうとう最後通告のためにやって来たにちがいない。これで交際はやめにしよう！　婚約ももともと架空のものだったじゃないか！

彼女はジャロッドの声を聞いたように錯覚した。わたしは生きていけないわ！　いまここでジャロッドを失ったら生きる意味がない！

「式の打ち合わせとおっしゃいましたね。今日お母さまからお電話いただいたんです。そろそろ準備に取りかからねばとおっしゃってましたわ」

「母の言うとおりだ。もう準備にかからなくては。母は喜んできみの相談に乗るはずだよ」

ブルックは彼を見つめた。「でもわたしたち……」

「ちょっと待って！　なにも言わなくていい。実は今日デイブと話をしたんだ。彼からくわしく聞いたよ。デイブと深い仲だなんてきみはたいへんな嘘をついてくれたものだ」

「……あのとき、あなたがそういう返事を聞きたそうでしたから」

「いい加減にしなさい」彼は笑った。「そんなことを聞きたいはずがない。今日デイブの話を聞いてからぼくはずっと首をひねり通しなんだ。きみがあんな嘘をつく気持ちがどうしてもげせなくてね」

「わからないんですか？」ブルックは、心の秘密……ジャロッドへの愛が見破られるかどうかの瀬戸際に立たされた。

「わからないなあ。今日はとっくりと話し合いたいんだ。最初のことから言うと、きみのでたらめな婚約発表でぼくがものすごく怒ったこと覚えてる？」

「ええ、覚えてますとも」

「だけどぼくの気持ちはすぐに、怒りよりもきみへの好奇心に変わったんだ。きみははじめからぼくに歯向かって来た。そこが他の女性とちがっていた」

「そんなことないわ」

「いままでつき合った女性の中にきみのような女《ひと》はいなかったよ。だから好奇心は強い関心に変わり、そのうちにきみを永久に自分のものにしたくなったんだ。仕事でも女性との交際でも、ぼくは自分を否定されたことが一度もなかったのに、きみはずっとぼくを否定しつづけたね。家の近くの森でキスしたときも、他のときにもぼくは必死に自分を抑えていたんだ」

「そうかしら。とても冷静に見えたわ。冷たいくらい」

「きみには理解できないだろうなあ。ぼくが情熱と闘って理性でそれを抑えようとした気持ち。だけどデイブのことがあってからぼくはちがったことを考えさせられたんだ。年のちがいだよ。きみとぼくとの年齢差が壁になってるなと感じたんだ」

ブルックには彼の話がどう発展していくのか、さっぱり見当がつかなかった。だがいつものジャロッドの高慢な一方的な態度がまったく消えていることには好感を持ち感動した。

「あなたの年齢が問題だなんて考えたことないわ。ただね、わたしの知らない経験を相当積んでいるとは思ってましたけど」

「だけどこのごろは会うたびに若い男と鉢合わせさせられたじゃないかね。きみが若い奴らと仲良くしているのを見せつけられて、ぼくがどんな気持ちになったか想像できないだろう」

「みんな偶然よ」

「きみと彼らとのほうが共通点をたくさん持っていることは否定できない事実さ。来月三十八になる男と十七歳も年下の若い女性ではねえ」

「そんなこと気にするのがおかしいわ」

「本題に入ろう。とにかくぼくと結婚してほしい」

ブルックは目をみはった。「命令してるの？　それともおねがいされてるのかしら？」

「そのとおりだ。おねがいしてるんだ」ジャロッドは心配そうな顔である。

「でも……わたしにひざまずかせてみせるっておっしゃったじゃないですか」

「だけど結果は……ぼくがおねがい……いやひざまずいているんだ。ブルック、どうか結婚してほしい」

「わたしを欲しいから？　それだけじゃ結婚なんてできません」

「かんべんしてくれ、ブルック。他の男とのことを疑ったりしないから」

「でも……なぜ……」

「愛してるんだ！　こんちくしょうめ、ついに言ってしまった！」その乱暴な言葉にショックを受けたようなブルックの顔をのぞきこみながら彼はつづけた。「ぼくのいままでの態度から信じられないのはわかっているが、そうなんだ、ブルック」彼は、彼女の肩に手を当てた。「正気だよ、いまのぼくは。愛してるんだ。だから結婚を望むんだ」

「なんと言っていいか……」ブルックは彼の顔を穴のあくほど見つめた。本心を探るかのように。「トリックじゃないのかしら？」

彼は顔をしかめた。「愛していると言っても駄目なのか。きみの信用を完全になくしてしまったらしい」

「ちがうの。ショックで信じられないの。わたしを愛してくださってるなんていままでのことからすれば……」

「きみがぼくを愛してくれようとくれまいと、結婚してくれようとくれまいと、もうぼくには心の自由はなくなったんだ。きみが心の中に住みついてしまった……。もう元には戻れない……」

彼女は優しく彼の頰を両手ではさんだ。

彼は顔を動かして彼女の手のひらにキスした。ブルックの瞳は優しく和んでうるおいを帯びた。

「ジャロッド、あなたは自由よ。自由なのよ」

彼の顔は期待で輝いた。「その意味は！」

ブルックはこれ以上ジャロッドを苦しめたくなかった。「愛してるわ、わたしも。……あなたよりずっと前よ。会社に入ったときからですもの」

彼は大きなため息をついた。「ブルック、ありがとう。一時はあきらめたんだ。きみとは永遠に結ばれないと覚悟して寂しかったこともある……」彼は不安そうな顔で言った。

「本当に愛してる？」

彼女はにっこり笑って言った。「本当よ」

彼はブルックにキスをした。「ぼくにはもったいないくらいだ。だけどきみが必要なんだ」

ブルックは幸せだった。「もっとキスして、ジャロッド……」彼女は懇願した。「もうこれからは拒んだりしないわ！」

二人はソファに横になった。抱き合い、そして笑い合った。お互いに愛していながら、両方ともそれを知らなかったことを後悔して……。

だがブルックは突然起き上がって言った。「サリーナ・ハワードのことは？」

「忘れるんだ」彼はブルックの腕を取って言った。

「でも……あなたはあの人を愛してるんでしょう？」

ジャロッドは笑った。「またそんなことを。ちがうんだ！　ぼくが愛してるのはきみだ。まだわからないのかい？」

「だって、あの人と深い関係なんでしょう？　愛人なんでしょう？　あなたはいつもそう言ってたわ」思い出すと苦痛が蘇《よみがえ》ってくる。

「訂正が必要だな。そう言ったのはきみじゃないか。ぼくはきみの話に乗っかってゲームを演じてみせただけだよ」

「どうしてそんなことを……」

「フィリップのパーティーだったね。きみがそんな情報を仕入れたのは。あのときはまだきみをこらしめてやろうと思ってたから、きみがサリーナのことを言い出したとき利用してやれと思いついたんだよ。第一あのころはぼくが本当のことを言っても、きみが信用するはずもなかったしね」

「説明してくだされぱよかったのに」

「嘘の婚約をつづけるためにも必要だったんだよ。きみはずっと、サリーナとの情事を隠すためにカモフラージュに使われたと思いこんでいたんだろう？　だれが、架空の婚約をつづける必要があるなんて思うものか。サリーナの話がなければ、きみだって動機を疑ったに決まってるよ。だけど、ぼくのほうもずいぶん、きみのありもしない浮気を非難したんだったっけね」

「そうよ」

「攻撃は防御なりというから反撃したわけさ。サリーナとの間になにもなかったことは誓うよ。ぼくはまだ人妻と恋愛をしたことだけはないんだよ。……さあキスして、ブルック。馬鹿馬鹿しい話はおしまいにしよう」

彼女はジャロッドの腕の中に飛びこんで行った。だが彼は意を決したように立ち上がった。

「式が済むまで待つことにしよう」

「今晩ずっとわたしといっしょにいて！」

「聞きなさい、ブルック。ぼくはきみを愛しているし、尊敬もしている。心の底からだよ。

だから婚約指輪が結婚指輪に変わる日までお互いに待とう」

　彼女の二つの目から熱い涙があふれ出した。

「そんな顔を見せるんじゃない。決心がぐらつくじゃないか」彼は怒ったように言った。

「ぼくは自制力の弱い人間だから結婚式は早いほうがいいな」

　ブルックは爪先立ちして彼にキスしながら囁《ささや》いた。「わたしも早いほうがいいわ……」

「明日にしようか！」

「わあっ、大賛成！」

　ブルックとジャロッドは声を合わせて笑った。それは、互いの愛情を確かめ合った上での澄んだ笑いであった。

●本書は1982年7月に小社より刊行された作品を文庫化したものです。

孤独なフィアンセ

2024年6月1日発行　第1刷

著　者　キャロル・モーティマー

訳　者　岸上つね子（きしがみ　つねこ）

発行人　鈴木幸辰

発行所　株式会社ハーパーコリンズ・ジャパン
東京都千代田区大手町1-5-1
04-2951-2000（注文）
0570-008091（読者サービス係）

印刷・製本　中央精版印刷株式会社

Printed in Japan © K.K. HarperCollins Japan 2024 ISBN978-4-596-99294-9

6月14日発売

ハーレクイン・シリーズ 6月20日刊

ハーレクイン・ロマンス

愛の激しさを知る

乙女が宿した日陰の天使	マヤ・ブレイク／松島なお子 訳
愛されぬ妹の生涯一度の愛 《純潔のシンデレラ》	タラ・パミー／上田なつき 訳
置き去りにされた花嫁 《伝説の名作選》	サラ・モーガン／朝戸まり 訳
嵐のように 《伝説の名作選》	キャロル・モーティマー／中原もえ 訳

ハーレクイン・イマージュ

ピュアな思いに満たされる

ロイヤル・ベビーは突然に	ケイト・ハーディ／加納亜依 訳
ストーリー・プリンセス 《至福の名作選》	レベッカ・ウインターズ／鴨井なぎ 訳

ハーレクイン・マスターピース

世界に愛された作家たち
〜永久不滅の銘作コレクション〜

不機嫌な教授 《ベティ・ニールズ・コレクション》	ベティ・ニールズ／神鳥奈穂子 訳

ハーレクイン・プレゼンツ作家シリーズ別冊

魅惑のテーマが光る極上セレクション

三人のメリークリスマス	エマ・ダーシー／吉田洋子 訳

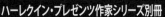

ハーレクイン・スペシャル・アンソロジー

小さな愛のドラマを花束にして…

日陰の花が恋をして 《スター作家傑作選》	シャロン・サラ他／谷原めぐみ他 訳